幻影

The IMAGINARY

幻影

[英]A.F.哈罗德 著　　[英]埃米莉·格雷维特 绘　康华 译

A.F.Harrold　Emily Gravett

人民文学出版社

PEOPLE'S LITERATURE PUBLISHING HOUSE

著作权合同登记号　图字 01－2016－5474

Text Copyright © A.F.Harrold 2014
Illustrations Copyright © Emily Gravett 2014
This translation of **THE IMAGINARY** is published by Shanghai 99 Readers' Culture Co.,
LTD by arrangement with Bloomsbury Publishing Plc.

图书在版编目(CIP)数据

幻影/(英)哈罗德著;(英)格雷维特绘;康华
译. —北京:人民文学出版社,2016
　(银色独角兽)
　ISBN 978-7-02-011649-2

　Ⅰ. ①幻… Ⅱ. ①哈… ②格… ③康… Ⅲ. ①儿童文
学-中篇小说-英国-现代　Ⅳ. ①I561.84

中国版本图书馆 CIP 数据核字(2016)第 095851 号

责任编辑　甘　慧　尚　飞　王雪纯
装帧设计　李　佳

出版发行　人民文学出版社
社　　址　北京市朝内大街 166 号
邮政编码　100705
网　　址　http://www.rw-cn.com

印　　制　山东德州新华印务有限责任公司
经　　销　全国新华书店等

字　　数　142 千字
开　　本　890 毫米×1240 毫米　1/32
印　　张　8
版　　次　2016 年 10 月北京第 1 版
印　　次　2016 年 10 月第 1 次印刷

书　　号　978-7-02-011649-2
定　　价　38.00 元

如有印装质量问题,请与本社图书销售中心调换。电话:01065233595

献给我的兄弟　马克

拒绝遗忘

——A.F.哈罗德

献给我的真人和幻影朋友

因为你们信任我

——埃米莉·格雷维特

目录

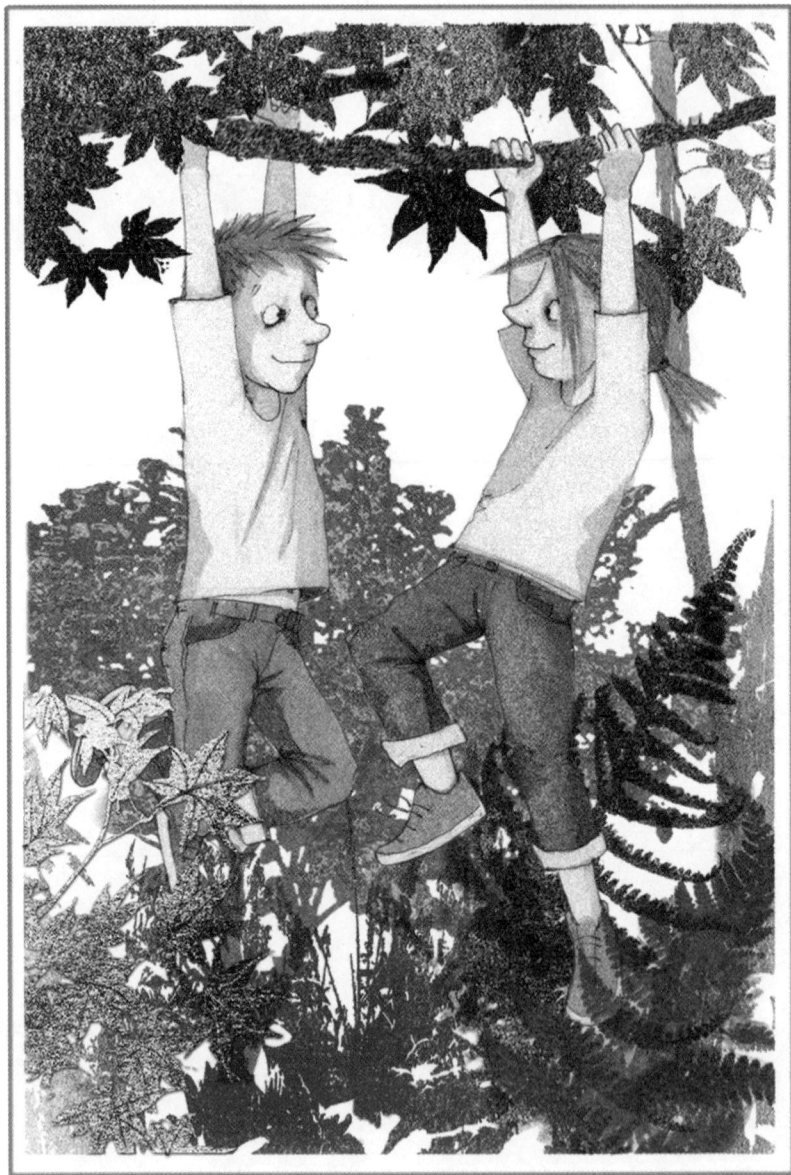

你要记得我

当我飘然而去，
去往寂寂死地，
距你千里万里，
你要记得我。
当你不能拥我在怀里，
我欲去还留，眷恋无比，
你要记得我。
日复一日畅想未来，
已成过去，
你要记得我，
只要你记得我。
你心明了，
忠告和祈祷，
都已来不及。
若你暂且将我忘记，
回头才把我想起，
莫伤悲——
若我在你心头，
留下阴影或腐坏的思忆，
愿你微笑着忘记，
莫要悲伤地忆起。

——克里斯蒂娜·罗塞蒂

序　言

阿曼达死了。

这几个字仿佛洞穿了罗哲的胸口，这几个字宛如一口深井，使他轰然跌落下去。

阿曼达，死了？这怎么可能？

可她不再呼吸。她死了。罗哲亲眼看到的。他觉得恶心，手足无措，觉得整个世界都离他而去。

他跪倒在公园里，眼望青草和树木，耳听鸟鸣啾啾。一只松鼠从路上跳过，停在草地上。松鼠无视罗哲的存在。阿曼达死了。草木依旧碧绿。世界照常充满生机。怎么可以这样？

这个提问很糟糕，也不会有什么圆满的答案。世界浩大，一个女孩的死微乎其微。女孩死了，足以击垮罗哲、摧毁女孩的妈妈，但是啊，这个公园也好，这个城镇也罢，包括整个世界，都丝毫不变。

罗哲喜欢变化。阿曼达一出现，一切全部变得活生生。罗哲喜欢阿曼达用幻想为世界着色，使所有的细节变得丰盈。她幻想把灯罩变成异国情调的树，把档案柜变成一箱海盗的宝藏，把熟睡的猫咪变成滴滴响的定时炸弹。她的小脑瓜闪烁的耀眼火花，让整个世界闪闪发光。罗哲与她分享了一切，可这一切转眼已成往昔……

罗哲四下里张望着。如果阿曼达在，她会把这里变成一个全新的世界。可是，罗哲再拼命看，公园还是公园的样子。是他缺乏阿曼达那样的想象力。甚至，他都没有足够的想象力来想象他自己。

透过自己的双手，罗哲看得见模糊的树影。他正逐渐消逝。阿曼达不在了，她不能再去想象他，也不能再记起他。没有阿曼达，罗哲便不复存在。他正渐渐消逝。

罗哲被遗忘了。

他越来越困倦。他想睡觉。

消逝是什么感觉？是彻头彻尾消亡吗？

时间会说出答案，罗哲想。很快，时间就会说出答案。

鸟儿为他唱起摇篮曲。

太阳冷冷地照在他身上。罗哲睡着了。

耳边传来轻柔动听的声音："我看到你了。"

罗哲睁开了眼睛。

第一章

那天晚上，阿曼达·夏夫阿葡打开衣柜的门，把刚脱下来的雨衣挂到了一个男孩身上。

她关上衣柜门，一屁股坐在床上。

跑上楼之前，阿曼达没有脱鞋子，两只脚湿答答的。不光是两只脚，她的袜子和鞋子全湿透了，就连鞋带也没能幸免。

鞋带的结又冷又湿，硬邦邦的，很难解开。她用手指去拉扯，却弄伤了指甲。结没有松开，指甲却要断了。

鞋带一直解不开，鞋子就永远脱不掉。她就得一直湿着脚生活，并且，得一直穿这一双鞋。阿曼达这个女孩是这样子的（正如她开心地告诉你的那样）：她喜欢穿又脏又旧的运动鞋（因为这样的鞋子舒服。脏了也没也关系——本来就脏了嘛）。想不到这样的

1

女孩，某一天也会想要换一双鞋穿。

阿曼达又想，如果脚长大了怎么办？学校里的肖特小姐给他们看过一个盆景：一棵像蒲公英那么高的橡树，委委屈屈在小小陶盆里生长。

假如一直脱不掉鞋子，那么一生就将永远被卡在小女孩的尺寸里。这与陷身小陶盆里的橡树有什么不同？现在这个样子还好，十年过去呢？到时候还是这个身高可不是什么好事。坦白地说，那样子简直就是个废物。

必须脱掉鞋子。这件事比什么都重要。

阿曼达急切地拉扯湿透的结，还是拉不开。

过了片刻，她的手停下来，斜睨自己的脚，想一想，哼几声，嘘几下，又哼几声。

随后，阿曼达跑向梳妆台，动作迅疾如猫。她拉开几个抽屉翻来找去，接着"哗啦"一下把里面的物品通通倒在地板上，直到一把抓住要找的东西方才罢休。

"啊哈！"她大声说，感觉自己就像一个公主，刚好发现被绑在树上的龙，帆布背包里恰好装着需要的工具，于是她掏出工具拯救了落难的龙（工具是一把剑，或者一本关于解救龙的书）。

阿曼达坐回床沿，翘起一只脚放在膝上，拉起鞋带的结，用剪刀在绷紧的鞋带和鞋舌之间滑动。简单而满足地一割，鞋带断为两截。

大功告成！她猛地一拉，鞋带散落一地。阿曼达脱掉鞋袜，一把扔到角落里。

潮湿的脚趾获得自由，自在地扭动着。

片刻之后，另外一只鞋子下场一样，剪断鞋带后，被丢到同一个角落。

阿曼达拖着脚一扭一扭地回到床上。她的一双脚颜色苍白，而且潮乎乎的。她往脚上吹着热气，用羽绒被把脚拍干。

她——阿曼达·夏夫阿葡，可是个天才。这毫无疑问。还有谁能这么快找到如此简单的办法？要是文森特或者朱丽叶穿着湿鞋子回家（他们是她在学校的朋友），他们现在肯定仍然穿着湿鞋子。穿着湿鞋子两只脚真的好冷，太冷了，他们可能会得肺炎。

这事却根本不可能发生。因为文森特和朱丽叶这样的孩子不会在星期六下午跑到雨中，专找最大的水坑踩水。就算他们去踩水了，也不过是装装样子罢了。

"阿曼达！"楼梯下方传来喊声。

"干什么？"阿曼达喊回去一嗓子。

"你又把泥踩到地毯上了？"

“没有。”

“地毯上为什么有泥啊？”

“不是我，妈妈。”阿曼达喊道。她滑下床，光脚踩到地毯上。

楼梯上响起脚步声。

阿曼达把湿鞋子捡了起来。鞋子上确实有点泥——可以这么说，如果仔细看的话。

鞋子在指尖下摆动着。阿曼达就那么站了一会儿。如果妈妈进来看到她手里的鞋子，再看看鞋底，很快就会明白地毯上的泥是怎么一回事了。阿曼达必须除掉这双鞋，越快越好。

打开窗户把鞋子抛出去？太慢了。她本来可以把鞋子扔到床下，可她的床下面是大抽屉，没有“下面”，抽屉里也塞满了破烂。

只有一个办法。

她打开衣柜的门，把鞋子丢了进去。

鞋子打中了柜子里的男孩。他仍然拿着她的雨衣。鞋子从男孩肚子上弹开，掉到了地毯上。男孩嘴里发出"噢噢"的叫声。

阿曼达正要责备男孩撞掉了鞋子，卧室的门猛地打开了。

"阿曼达·普丽姆罗丝·夏夫阿葡！"与所有恼火的妈妈并无二致，阿曼达的妈妈生气时也这样叫她。（她们认为，叫出你的全名，会多少让你长点记性。不过既然老早就被这么叫过了，这会儿再叫也是白搭。）"我怎么跟你说的？上楼前把鞋子脱在过道里！"

阿曼达什么都不说。她脑子正飞快运转。她被搞糊涂了。

家里有两个过道：一个通往楼梯平台——妈妈正怒目而立，那里被占得满满的；另一个就在衣柜前面。此时此刻，衣柜里面还站着一个她从来没见过的男孩。他看起来跟她年纪相当，手里拿着她滴水的雨衣，神经质地冲她微笑。

怎么说这都显得有点怪怪的，不过，既然妈妈不提这个男孩，阿曼达也不打算提。

"你有什么好说的？"

阿曼达指着肮脏的鞋子说："鞋带有个结。"鞋子就横在阿曼达和男孩的脚中间。（阿曼达发现男孩的鞋子和自己的一模一样，但是很干净——好像他死都不会踩水坑。我真幸运，衣柜里冒出个男孩。他就是另外一个文森特或是朱丽叶，害怕弄脏自己。嗯。）

"结？"这个字在妈妈的嘴里滚动，看样子，她在琢磨这到底是不是个好借口。

"对啊。所以我只好上楼了，"阿曼达继续说，"我上来找剪刀，不然我会一直卡在鞋子里，我的脚就不长了。还有——"

"那是什么？"妈妈的一声尖叫，打断了阿曼达即将发表的关于橡树的演说。

阿曼达只好闭上嘴。

她顺着妈妈指尖的方向，眼睛笔直地朝衣柜里面望去。

换做阿曼达是妈妈，第一件要管的事既不是湿鞋子，也不是别的什么，衣柜里的男孩才是话题的焦点。平白无故冒出个男孩是什么意思？这说明女儿不打招呼就偷偷带男朋友回家！这可真够无礼的。还有一种可能——家里进了贼。这可不是什么好消息，对吧？如果这个男孩能在星期六下午闯进门来，那么别的人也随时能闯进来，不是吗？会是谁呢？想都不要想了，是贼啊。贼来干什么？还用说吗，打家劫舍。

"我问你，那是什么？"妈妈仍然指着衣柜里的男孩。

阿曼达歪着脸，头斜到一

边，死死盯着男孩，好像她要仔细考虑一番。

"他不是'什么'，妈妈，"她小心翼翼地回答道，"而是'谁'。你不觉得吗？"

妈妈大步跨过房间，一把从男孩手里抢过滴水的雨衣，然后转向阿曼达，把雨衣举了起来。

"这是什么？"她说，背对着衣柜。

"噢，"阿曼达说，"我的雨衣啊。"

"怎么跑到衣柜里了？"

"想挂起来？"阿曼达小心地暗示。

"亲爱的，"妈妈平静地说，"雨衣湿漉漉的，你看，还在滴水呢。我说过，挂在楼下的散热器旁边，不要塞进壁橱，会发霉的。你到底什么时候能学会呀？"

"星期一，到学校学。"阿曼达说。

阿曼达偷换概念，可是妈妈也只能摇摇头，再叹一口气，她举着雨衣的手也跟着垂了下来。

"我把鞋子拿到楼下噢。"阿曼达的妈妈弯腰捡起运动鞋。

衣柜里的陌生男孩越过妈妈的后背冲着阿曼达笑。

"玩笑开得不错。"他说。

"你怎么回事？"妈妈喘息着站起身，一边摇晃着鞋子，"你剪断了鞋带!"

"刚跟你说过,打结啦。"阿曼达辩解道。

"所以你就剪断鞋带?"

"嗯……"

"有时候我真不相信你的话,阿曼达,"妈妈说,"我就是不相信你。"

她朝门口走去。

"妈妈。"阿曼达轻声说。

"干什么?"

"水滴到地毯上了。"

真的,脏水正从雨衣上滴下来。以往,这种事都是妈妈挑阿曼达的错,这次,她只气呼呼地哼了一声,随后消失在楼下。

阿曼达想:噢,好吧。不要指望一下子就了解大人。

她看着衣柜里的男孩,男孩也回望她。

"喜欢我开的玩笑?"阿曼达问。

"相当有趣。"

"你说相当?"她厉声说,"我觉得这是我一整天说的最有趣的笑话。"

"对,"男孩说,"可是……"

"可是什么？"阿曼达眯了眯眼睛，问道。

男孩看着阿曼达，不由挠了挠头。

阿曼达的眼睛眯得更厉害了，人也前倾得更近了一些。（她不得不向前倾得更近一些，因为她的眼睛眯得太厉害，只有身体前倾才能看到男孩。）

男孩有样学样，也眯起眼睛，身体前倾。

于是出现了这样一幕：一男一女两个小孩鼻子抵着鼻子，斜着眼睛，身体前倾。鬼精灵阿曼达突然迅速跳到一边，男孩不防备，忽地向前一扑，摔倒在地上。

"哈哈哈，太棒啦。"阿曼达笑得前俯后仰，上气不接下气，肚子都快要笑破了。"哈哈哈，你摔倒啦！太精彩了！真好笑！吃果胶糖吗？"

就这样，阿曼达·夏夫阿葡与罗哲初次相见了——你也可以说，就这样，罗哲和阿曼达·夏夫阿葡初次相见了。你觉得在讲谁的故事，你就怎么说。

阿曼达"咣"一声关上前门的时候，罗哲刚好在衣柜里醒来。

有人上楼，脚步声"咚咚"响，听上去好像打雷一样。罗哲一动不动，安静地站在黑暗中等待。

他不记得自己之前身处何方，即使曾经在某个地方待过，在他醒来的那一刻，那个地方也从他脑海消失了。

找到阿曼达，罗哲从心底深处觉得找对了人，好像自己是专门为她量身定做的。阿曼达，是他第一个朋友、唯一的朋友，也是最好的朋友。

初次见面后又过了一个礼拜，阿曼达就把罗哲带去学校了，此行的目的，无非是向文森特和朱丽叶炫耀自己的新朋友。文森特和朱丽叶都非常有礼貌，他们了解阿曼达，知道她有点儿古怪。阿曼达指着男孩介绍道："这是罗哲。"可是，从文森特和朱丽叶的眼睛里看出去，面前空荡荡，根本没有人。阿曼达握了握男孩的手，文森特和朱丽叶还是没有看到什么人，自然也不存在一只手。阿曼达说："不是那里，是这里，傻瓜。"阿曼达指着罗哲，告诉自己的朋友们他到底在哪里。为了阿曼达，文森特和朱丽叶笑着说了"对不起"，同时伸出手去，试着与男孩的手相握，可是朱丽叶戳到了男孩的肚子，文森特差点把他的眼睛捅出来。

罗哲和阿曼达登时心里一亮：只有她能看到他，别人都看不到。

显然，他只是阿曼达的朋友，不能和人分享。罗哲很喜欢这种感觉。

这是罗哲第一次去阿曼达的学校，也是最后一次。

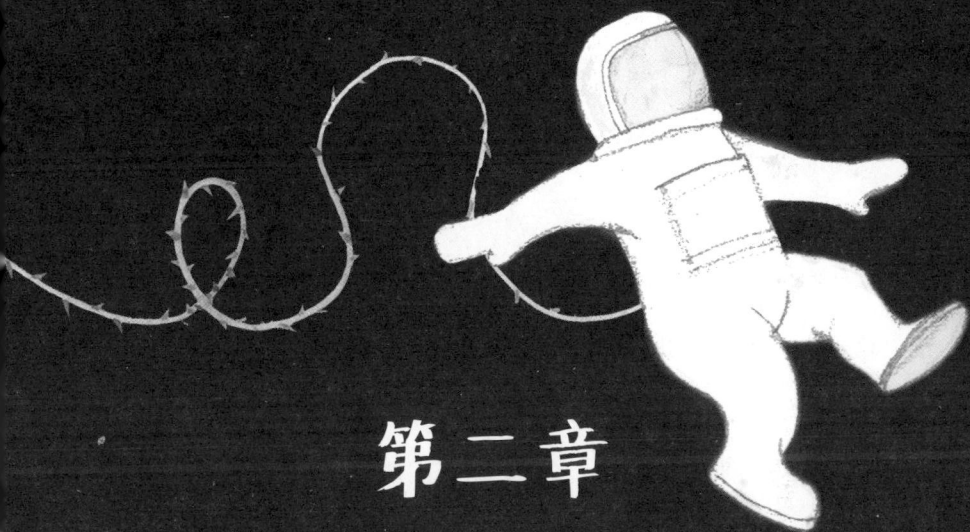

第二章

　　暑假开始了，起初那段好时光，阿曼达和罗哲大都在家里的花园度过。在花园边的荆棘丛下面，他们两个营造了一个秘地。既然阿曼达的眼睛落到这里，秘地在罗哲眼里也就变得很神奇了。

　　有一天，这个秘地变成宇宙飞船在遥远的外星

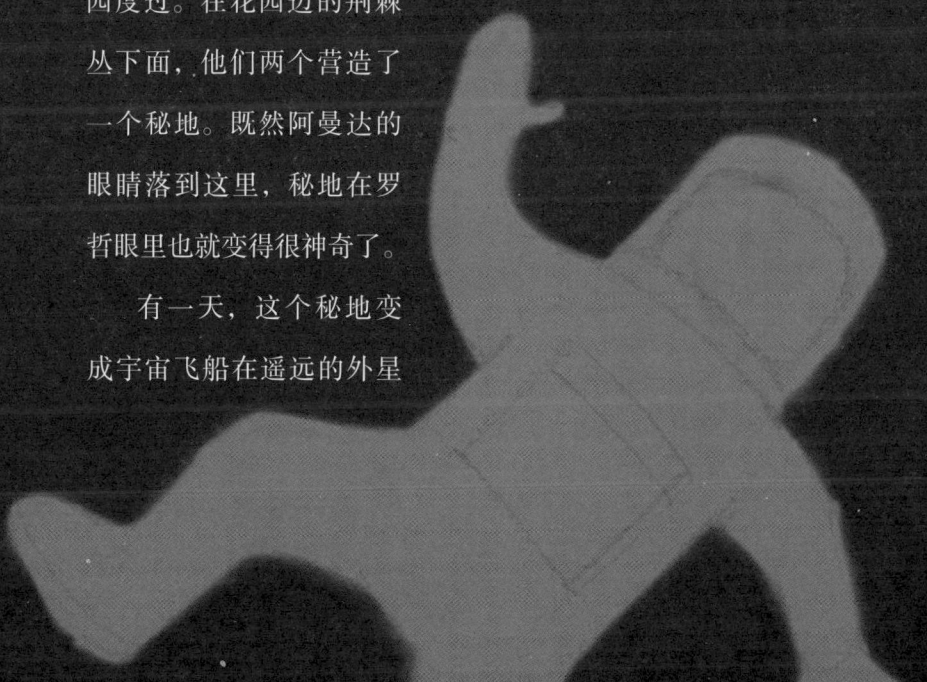

着陆。由于害怕身上的太空服被荆棘刺破，他们小心又小心地从荆棘下面爬出来。陌生的新家就在眼前，他们一步一步跳过地表，在低引力的作用之下缓缓飘升。他们对天空中的奇石和特大号卫星感到惊奇，这遥远的外星球上，还住着一种奇怪的像猫那么大小的动物，这些动物受到阿曼达和罗哲的追逐。

再有一天，秘地变成一架热气球，载着他们飘升，之后缓缓降落到一片坚硬的高原上，下方几里开外的地方，就是闷热潮湿的南美丛林。两个人会挑动对方从峭壁边缘往下看（不如说是阿曼达挑动罗哲往下看，罗哲不干，她就自己来，以此证明此事有多简单）。

他们追逐像猫那么大的动物，这些动物都在这里待了几百万年了。

有时候，秘地也变成了圆顶冰屋。于是乎，整个花园马上结冰，闪着晶莹的光；有时候秘地变成游牧民的帐篷，厚厚的，黑黑的，彼时花园则成为干燥、灰蒙蒙的沙漠；有时候秘地变成未来坦克，在没

有路的旷野滚动，地上坑坑洼洼，满是泥泞，坦克没完没了地滚动着。

阿曼达妈妈养了个猫咪名叫欧雯，无论两个孩子的幻想之旅通往何方，欧雯都会从露台上定睛望着他们。她在等着阿曼达看到自己。阿曼达的幻想之眼一旦看过去，欧雯马上进入角色扮演，变成被追逐的外星人、老虎或者恐龙。

刚开始罗哲很同情欧雯。但这猫动作很快，阿曼达一扑过去，她就立刻踩着猫步逃之夭夭了。

罗哲有时不免会这么想：欧雯看起来像是能看见自己。这只猫在舔洗肩膀的时候会对上罗哲的眼神，她忧心忡忡地盯着罗哲的眼睛，粉色的舌头探出嘴唇，刹那间停止舔洗自己。很快猫眨眨眼睛，打个哈欠，随后转过身，像是什么都没有看到似的，举起腿来，对着张开的脚趾头大舔特舔。至于猫到底能不能看到罗哲，谁又说得清呢。

苦苦思索一番之后，罗哲想，这个答案只有欧雯自己知道。可惜欧雯是只猫，猫又不会说话，罗哲于是不再多想，决定顺其自然，对此不再纠结。

某一日，罗哲和阿曼达幻想着去往一个洞穴探险。这个洞穴就

在家里的楼梯下方，它黑暗而幽深，而且结构复杂，至于到底有多深，只有天晓得。洞穴里潮湿不堪，有蝙蝠栖身其间，还回荡着滴滴答答的水滴声。阿曼达正在抱怨罗哲没带手电筒，门铃蓦地响了。

"丁零零"的声音传到洞穴里。听得到阿曼达的妈妈正嘟囔着走向前门。她一直在书房工作，被人打扰显得很不高兴。

"怎么了？"她猛地拉开门，问道。

"你好，"说话的人声音低沉——阿曼达听不出是谁，"我对这个区域进行调查。可以问几个问题吗？"

"调查什么？"

"调查——"说了这两个字后，那个声音停了，好久都没再继续，好像说出这两个字就已经足够。之后他才把这句话补充完整，"英国的现状，还有孩子。"

"我不太清楚。"阿曼达的妈妈说，"证件带了吗？"

"证件？"

"对啊，不然我怎么知道你是谁。"

"我是谁？我是邦廷先生，夫人，像鸟一样①。"

"鸟？"

---

① 原文是"Mr Bunting"，"bunting"是一种叫鹀的鸟。

"嗯，比如黍鹂，还有别的……"

"好啦好啦，"夏夫阿葡女士说，"有什么东西能证明？"

"证明和鸟类的亲缘关系？"男人说，"不，不，不是那回事。鸟类学不是——"

"不，"阿曼达的妈妈打断了他，"我说的是你的证件，证明你就是你说的那个人。"

邦廷先生轻轻咳嗽了几声（但只是很轻微），好像受了辱，然后才道："哦，当然有，我有胸牌，你看。"

阿曼达悄悄步出幻想的二人世界，来到走廊。不过她把罗哲留在了洞口，如此，阿曼达回去的时候就不会找不到探险之地（这和与人说话时把大拇指插在书里一个道理）。她踮起脚尖走到妈妈背后，搂住妈妈的腰——做妈妈的无不喜欢这样的小动作。这个姿势也方便阿曼达听八卦。

从妈妈的背后侧头望出去，阿曼达看到台阶上站着两个人：一个是正给妈妈出示胸牌的成年人，另一个是和阿曼达年龄差不多的小女孩。

男人穿着百慕大短裤和图案花哨的衬衫，一身的斑斓色彩在他滚圆宽阔的躯干伸展，显得很不搭调，整个人看上去宛如被热带熏风吹弯的棕榈树。男人手里拿着文件夹，耳朵上别着圆珠笔，头上光秃秃，墨镜遮住眼睛，红胡子覆盖着嘴巴。一开口说话，红胡子便顺势一抖。

女孩恰恰相反。白衬衫外面套着乏味的黑裙子——明显是校服嘛，阿曼达思忖。女孩留着直直的黑发，单调的刘海垂挂到眼帘，刘海下面的一双眼睛暗淡无光。男人左摇右摆晃个不停，女孩安静地立在旁边，一声不响。

阿曼达猜道，男人是女孩的爸爸，女孩不得不跟他一起出来工作。每逢假期，阿曼达有几个朋友有时也跟大人一道工作。女孩看上去并不喜欢这样。

女孩转脸看向阿曼达，目光笔直地看到阿曼达的眼睛里。这毫无征兆的凝视，吓了阿曼达一跳（当然她是不会承认的）。吓归吓，阿曼达还是努力对女孩挤出了一丝笑容——友好一些总没错，再说，女孩面色苍白，看起来一副可怜相，仿佛只能对她笑一笑来表达善意。女孩也回了阿曼达一个笑——是个极其浅淡的笑。在她微笑的时候，她抬手抓牢男人的衣袖。

男人不再说话。

"真不好说我是不是想在台阶上回答你的问题，"阿曼达的妈妈说，"或许，留下一张表格？我填好后投进邮筒？或许……我现在真的非常忙。"

阿曼达的妈妈两手在半空做出敲打键盘的动作，仿佛在强调她到底有多忙。

　　"噢，不必了，夫人，"男人"咯咯咯"笑得很欢快，"不用留什么表格。今天下午天气真好，很抱歉在这么美好的下午打扰您。我这就走，好吧？"

　　男人从口袋里掏出手绢，在眉毛上擦了一把，然后转动脚后跟开步走了，很快就上了门前的小路。

　　关上门，阿曼达的妈妈嘀咕："真古怪。"

　　"他们要干什么啊，妈妈？"

　　"她问这里住几个孩子，还有类似的问题。我觉得这人很奇怪，亲爱的，所以赶紧打发他走了。"

　　"她看样子很可怜，要到处跟着他。"阿曼达说着跨过门厅，朝等待在洞口的罗哲走去。

　　"你说她，亲爱的？"阿曼达的妈妈问。

　　"对啊，那个女孩。"

　　"哪有什么女孩？"

　　阿曼达歪着头看看妈妈。

　　"噢，没什么。"阿曼达摆摆手，示意妈妈回书房工作。这事情太重要了，阿曼达不想节外生枝，所以她回答妈妈道，"我在跟罗哲说话。"

"罗哲好不好啊？你们俩今天很忙？"说起罗哲，妈妈是纵容阿曼达的。

"是的，我们在挖洞。"

说完，阿曼达就进了洞穴。她用指尖摸索着前行，指尖所触乃古老岩层，黑色，圆边，状如真空吸尘器，再一探手，则是阴冷滴水的暗色钟乳石。见了罗哲，阿曼达把刚才所见告诉了他。

"你妈妈没看到那个女孩？"罗哲问道。

"没有。"

"她看上去不太好？"

"噢，挺好的。她并不笨。你知道我在想什么，罗哲？"

"嗯，我知道。"

"那个家伙有个幻想的朋友，就像我幻想了你。"

"嗯，那我就不是唯一一个了。这可真不错。"罗哲说。

有的小孩要父母多加关注，有的小孩要父母一直盯着。大人不在身边看他们做这个做那个，他们一天天就好像白过了；大人五分钟（有时候不到五分钟）不管他们，他们就感到无聊；他们一生气就躺倒在地，双脚乱蹬，哇哇乱叫。

阿曼达从来都不是这样的孩子。她愿意自己跟自己玩。打小，一堆纸、几盒笔就能伴她几个小时，她会自顾自画画地图、怪兽，再定一个冒险计划。坐在床上读读书或是假装扬帆出海远航也令她非常高兴。一旦去朋友家参加生日派对或是过夜，朋友的父母就会打电话给她妈妈，说些这样的话："我刚刚看到阿曼达坐在厨房的桌子下，她说她的船被鲸鱼吞吃了，她正等着鲸鱼生病。嗯……你来接她吗？"阿曼达的妈妈则会这么回答："阿曼达想早点回来吗？她打碎东西了吗？没有？那就还是约定的时间，我六点钟去你家接她。"

　　阿曼达非常会自娱自乐，她热衷编织冒险经历，喜爱自己编故事。有个这么会自己玩的女儿，即便在孩子的假期，阿曼达的妈妈大多时间也能在书房度过（给阿曼达的祖父母发发电子邮件和电子表格——阿曼达的祖父母做生意，妈妈是会计）。有时候，阿曼达的妈妈听着收音机晃进厨房，等待壶里的水烧开；有时在某个午后，她会跷起腿坐在沙发上（仅仅十分钟）喝上一杯红酒；再有时候，她甚至忘了（几乎）自己还有一个女儿。

　　这么说，并不表明阿曼达的妈妈是个坏妈妈，只会一味沉浸在电脑里。一旦阿曼达来找她，她也会坐下来陪女儿看看书、玩玩桌上游戏，帮她做做功课，或是带她看场电影。话说回来，她很高兴阿曼达是这种自娱自乐的女孩，如此，就算她花再多时间在书房也不必感到太过内疚。

罗哲"来到"夏夫阿葡家几个礼拜了。一个星期天的下午，阿曼达的妈妈接了个电话。她端坐桌前，目光越过电脑屏幕，透过窗户，看向花园。彼时，阿曼达正在花园玩耍。

阿曼达的妈妈在跟自己妈妈说话——阿曼达称之为珰碧特外婆的人。母女俩这个那个地聊了一会儿成年人的话题后，珰碧特夫人问到了自己的外孙女。

"阿曼达在旁边吗？她要跟我问好吗？"

"她不在，妈妈，"夏夫阿葡夫人说，"她在花园和罗哲玩呢，我不想打扰她。"

"罗哲？是阿曼达的新朋友？"外婆问。

"算是吧，他刚来不久——他是阿曼达朋友，是的，但是，嗯……"

"怎么了？"

"你可能觉得好笑，妈妈。你该说我太纵容她了——或是说我太忽略她了。反正你不是这么说，就会那么说。"

"别傻了，亲爱的。说说看。"外婆说。

"罗哲不是真人。"

"啊？"

"他是个幻影。就在几个礼拜以前吧，阿曼达幻想出一个男孩，两人再也分不开了，就连吃饭的时候他都坐上桌，别的时候也一样。别笑。"

外婆没有笑，相反，仿佛陷入沉思："哦，丽兹，亲爱的，你还记得弗瑞杰吗？"

"冰箱？^①"阿曼达的妈妈问，"说什么呢你？"

"说你的幻影朋友啊，亲爱的。他是条狗，对吧？那是很久以前的事了。在你小的时候，不带上这条狗你是哪里都不去的。狗在房间，猫不能进屋。你会把猫赶走，那样你的狗就不害怕了。"

"我不记得了。"阿曼达的妈妈说。如此难忘的事，她怎么就给忘了呢。

"噢，亲爱的，下次你问问你哥哥。以前你和弗瑞杰把他都给逼疯了。"外婆说。

之后，话题就转到了别的事情上，天气啦，工作啦，洋蓟啦，关节炎啦，无不是平常又无聊的成人话题。

挂了电话，阿曼达的妈妈坐在桌前沉默了好几分钟。她再朝窗外的花园看去，不由哑然失笑。但见阿曼达脸上涂抹蓝色颜料，手

---

① 弗瑞杰（Fridge），在英文中是"冰箱"的意思。

持一截棍子，从长凳上一跃而下，像古时候的皮克特勇士一样唱着歌。女儿的这副怪相，吓得可怜的猫咪欧雯从花圃仓皇出逃。

厨房传来猫儿受惊后发出的阵阵骚动。

阿曼达的妈妈往椅背上一靠，不觉想起了弗瑞杰。经妈妈一提醒，她发现关于那条狗的一丝记忆仍在。她差不多都想起弗瑞杰的模样了。他是一条年老牧羊犬？可能是的。年久月深，尽管感觉某些记忆没有溜走（比如，记得那条狗睡在她床下，散发出潮湿发霉的泥土味），但太多记忆还是伴随她长大成人而遗失，再也想不起。

幻想一个狗狗朋友对她没有起什么坏作用——她对此很清楚，因而，她不会就罗哲的事再为阿曼达烦忧。然而，她认识的某些大人却不像她这样，当孩子一开始幻想，哪怕只露蛛丝马迹，这些家长就马上打电话给儿童心理医生（太可怕了，简直天理难容！）。能跟罗哲共处于一个屋檐下，阿曼达的妈妈自觉何其幸运。

餐桌边需要多摆个男孩的位子，那就摆上好了；要她买男孩喜欢的草莓味洗发水，那也并非难事；开车出去之前要确保车上有他的安全带？小事一桩，只需一笔很小的开销就能带给女儿快乐。

再说了，阿曼达嘴里道出的罗哲种种，都不像对她产生了坏影响。在阿曼达的妈妈内心深处，甚至生出了那么一点对罗哲的担心。

第 三 章

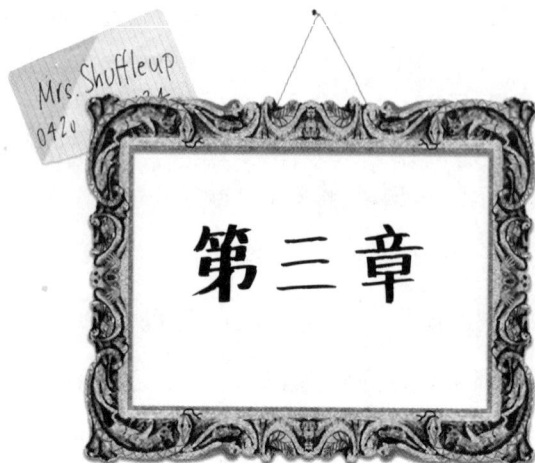

一天晚上，阿曼达的妈妈有事要外出一趟，平日里她并不经常离开家，一旦哪天要出去，她总是设法找个临时保姆来陪阿曼达玩——真是恼人。

阿曼达年龄不算小了，可以一个人待在家里，哪里用得着保姆？阿曼达会说，自己早就不是小婴儿了，只有小婴儿才需要保姆（babysitter 的字面意思）[①]。再说了，她阿曼达又不是孤零零一个人在家，对吧？罗哲会陪着她的呀。

所以，每当妈妈要出去的时候，事情都会这样演一遍：阿曼达又是吵又是闹，要尽花招，甚至哀声恳求，但是结果却无两样，仍

[①] "babysitter" 中的 "baby" 意为 "婴儿"，这个词一般指父母不在家时临时照看幼儿的保姆。

会有临时保姆到家里来。

阿曼达跟罗哲说："妈妈好像不相信我们。这事要怪你。"

"什么？"罗哲对此指责很不快。

"你上次在餐厅里乱扔球，确实把她的花瓶打破了呀。"

罗哲吃惊地张大嘴巴。

"第一，"罗哲刚吐出这两个字，就去数手指头，好像要算算手指头够不够用，"它是个罐子，不是花瓶；第二，是你扔的球，不是我；第三，那是个橘子，不是球；第四，你说那是手榴弹，不是橘子——"

"第五，"阿曼达打断他说，"我告诉妈妈是你干的，罗哲。你是光辉骑士，要帮我承担责任的。不然妈妈会很生我的气，星期五的汉堡就泡汤了。我说过'谢谢你'了吗？"

罗哲被阿曼达搞糊涂了——不过这种情况时有发生，他也只不过挠了挠胳膊肘而已。

正在此时，门铃响了。

两个人跑下楼一看，阿曼达的妈妈正给一个高个子女孩开门。女孩撑着一把滴水的黑色自动伞，站在雨中对着手机大声讲话。

"噢，我到了。"她向电话那端的人说。"我进去啦。再聊好吧？嗯哇！嗯哇！"她冲着手机响亮地亲吻。

阿曼达和罗哲对看一眼，强忍着不去笑。

"我给过你电话号码了，是吧？我大约十点钟回来。临时才找人，真的很感谢你能来。"跟保姆说过话之后，阿曼达的妈妈接着交待女儿，"你要规规矩矩的啊。"一转眼却已想不起保姆的名字："噢，抱歉，你叫什么名字？"

"玛丽古德，别人都叫我古蒂。"

"那不是狗的名字吗？"罗哲小声说。

阿曼达"咯咯咯"笑了。妈妈说："友好点。"

"没有啦，"阿曼达说，"是罗哲讲了好玩的事。"

"噢，对了，阿曼达有个朋友，叫罗哲。别担心，他不惹麻烦的。"妈妈说。

"你有两个孩子？"古蒂问，"你没说要看两个孩子呀。"

"噢，别担心，不是两个。"阿曼达的妈妈笑了，"罗哲是幻想出来的。"她半张嘴巴、欲语还休地说出了后半句话，仿佛不想让所有人听到，可是在场的每个人还是都听到了。

"妈妈！"阿曼达抗议道，"罗哲就在这里站着的呀。你偏要这么说。他是有感觉的。"

夏夫阿葡夫人朝女儿看去，只见她双臂环抱着，连眉毛都皱了起来。夏夫阿葡夫人说："对不起，亲爱的。我无礼了。我不是故意的。"

"你不该向我道歉吗？"阿曼达说。

阿曼达的妈妈四下里看一看，对着周遭稀薄的空气说："对不起，罗哲。"那里并没站着罗哲。待妈妈说完，阿曼达环抱的双臂才算放了下来。

"我接受道歉。"罗哲说。

"罗哲说原谅你了，妈妈。"阿曼达说。

古蒂给自己泡了一杯茶，又问道："饼干在哪里？"

彼时，三个人正在厨房的桌子旁团团围坐。屋里很热，因而后门是敞开着的。雨下得很大，却并不让人感到寒凉。空气里有股干净而清新的味道，让人生出些微的激动。下午的窒息、闷热、晦暗被暴雨一扫而去。尽管乌云低垂，雷声在头顶轰响，雨却下得舒爽，夜晚的清新让人心旷神怡。

"在罐子里。妈妈说每人吃两块。"阿曼达指着罐子回答古蒂。

古蒂把饼干罐从桌子另一端拉到自己面前，一把掀开盖子。

"好的。你两块。"她用长长的手指夹出两块饼干。

"我两块。"再夹出两块。

之后盖上饼干罐。

"给罗哲两块。"阿曼达说。

"罗哲?"临时保姆一时没反应过来。

阿曼达翻了个白眼:"没错,是罗哲。妈妈一直都让他也吃两块。罗哲正在长身体,要补充维生素。"

至此,古蒂才算想起"他"来,脸上随之浮现一丝微笑。她用力一拍桌子,嬉笑道:"想起来啦,是你幻想出来的男朋友嘛!当我——"

听古蒂嘴里吐出"男朋友",阿曼达一惊,把咬了一角的饼干吐得满桌都是。阿曼达这一吐,古蒂再要说什么却也记不起了。

呜呼!阿曼达好像气疯了似的,嘴里发出"呃,呃,呃"的怪声,并辩解道:"他不是我男朋友。"

同时两只手也做出怪动作,不停地在嘴边来回摆动,好像借此大力挥舞,就能把男朋友这一低俗的说法赶跑一样。

罗哲坐在椅子上,目不转睛地盯着阿曼达。他同样不喜欢男朋友这个说法。可是阿曼达也太夸张了些。有必要演成这样子吗?

"冷静。"他说。

阿曼达吃惊地瞪视着他:"冷静?"她重复一遍,好像不相信自己的耳朵。

古蒂啜一口茶,居然唱起小调来:"曼迪、罗杰树上坐,要接吻呀要接吻。"

"他根本不叫罗杰！"阿曼达怒视着古蒂，猛然打断她的低俗小调。

"你说什么？"

"他不叫罗杰，"阿曼达断然说，"他叫罗哲。我死都不会吻他。"

古蒂看着阿曼达，有好几秒钟没有说话，然后她放下马克杯，一副无可奈何的样子："随你怎么说。"

"哼，"阿曼达双臂环抱喷出一口长气，"你要记住，罗哲不是我男朋友。对了，你还没给他饼干呢。"

古蒂把手伸进饼干桶，又夹出两块来。她一脸无辜地看向阿曼达，好像在问："放哪儿？"

阿曼达说："罗哲不太喜欢饼干。最好是我来保管。"

她拿起饼干，吞进自己肚子里。保管得可真是好，肚子，是最安全的地方。

这一出演完了。十分钟后，古蒂就已站在客厅闭眼数数了。

楼上，罗哲正坐在衣柜里——他现身的那个衣柜。他知道，如果是阿曼达来找，会先找到这里。可今晚的捉迷藏节目，并不是阿

曼达来找人，而是临时保姆。

楼下，阿曼达踮起脚走进书房，钻到桌下妈妈放腿的地方，再把椅子往里一拉，她的身体几乎遮得严严的，谁也看不到。阿曼达就这么背靠墙壁，膝盖抵住下巴，像个密室怪兽一样等待着。

"98……99……100，"客厅里，古蒂扬声喊道，"藏好了吗？"

阿曼达竖起耳朵听听，家里一片寂静。古蒂一定满肚子鬼主意。阿曼达想象得出她脸上的怪表情。去楼上还是楼下找？到厨房找还是到前面的房间找？检查灯罩下面还是桌子下面？从哪里开始找呢？

阿曼达心底冒出阵阵兴奋。她听到厨房的壁橱一个接一个打开又关上，随后轮到楼梯下面的壁橱，橱门被人打开，发出一贯的咯吱声。古蒂一定是在进行地毯式搜寻。很好。

安静又持续了一会儿。阿曼达忽然听到古蒂的脚步声。安静被打破，脚步声渐渐逼近。从椅子腿下面看出去，保姆古蒂的轮廓赫然在望，两条腿正立在门口。古蒂伸出手，指尖在开关上一按。

阿曼达缩在桌子下面，强忍着不向后躲。要是在这种时候发出声音，那简直就是灾难。阿曼达告诫自己：不要动，保持安静。

古蒂在书柜那里张望一番，拉开了夏夫阿葡夫人文件柜最上面的抽屉。阿曼达不在抽屉里。古蒂向书房中间迈了一步。

阿曼达看得到古蒂的双腿，她在屋内慢慢转了个圈。阿曼达琢磨起这个书房来。这里没有可以藏身的壁橱，也没个洗衣篮或靠背扶手椅可供小女孩蹲伏其后。阿曼达蓦地心头一沉：屋里唯一的藏身之地，可不就是她正藏着的地方嘛。古蒂随时猜得出来。

正在阿曼达担心被古蒂找到的时候，门铃恰当其时地响了。

古蒂前去应门了。

一阵轰隆隆的雷声震得窗户"哐当"作响。阿曼达在椅子下面换了个姿势。屈身其间，她的左腿已经失去知觉。趁着古蒂分心的大好时机，赶紧让自己舒服舒服。

"很抱歉打扰你，小姐，"从走廊那里传来一个男人的声音，"我的车坏了……你看，就在那边。今晚天气糟透了……我的手机也坏了……能行行好借我用一下电话吗？"

"哦，"古蒂的声音里有明显犹疑，"这不是我的家。夏夫阿葡夫人这会子出去了。我不过是个临时保姆。我不知道能不能……"

"哦，我明白。确实，我受人委托负责一项……陌生人敲门，你感到担忧，可是就一小会儿就好了。真的……救救我，小姑娘。有什么坏处呢……"

雨重重敲击书房的窗户，阿曼达听不清所有对话。然而，一种特别古怪的感觉浮上心头——阿曼达熟悉这个声音。阿曼达确定不是熟人发出的声音，既不是妈妈的朋友的声音，也不是邻居的声音。

古蒂说："这不是我的家。我……"

"当然，当然，我明白。帮帮我又没坏处的……我看到隔壁的灯亮着。我再去试试。晚安。"

"哦，好的。晚安。"

门关上了。雨点敲击门前小路的声音也一并被关到门外。男人的声音一直往阿曼达的头脑深处钻。她无处安放这个声音。阿曼达恼火极了。好在，男人已经离开了。阿曼达安慰自己：别担心。

突然，灯灭了。

就在两分钟之前，罗哲爬出了衣柜。从阿曼达的卧室望出去，前面的花园一览无余。他安静又不无小心地爬上阿曼达的床，把脸压到冰冷的玻璃窗上。

外面黑暗得让人吃惊，就像黑夜提前到来了似的。定睛再瞧，不过是镇子被一大块乌云覆盖了。一抬头就是黑压压一片，空气也显得异常闷热、潮湿。

罗哲压扁了脸孔向外面凝望。他看得到窗外的小路，也看得到走廊里透出的灯光。灯光下，立着一个阴影，身形像个男人。前来喊门的这个人被门挡住了，罗哲看不清楚是哪一位。他要把窗户打开，并且探出半个身子才能看个明白。罗哲并不是太好奇，尤其是此刻，疾风卷着冷雨猛烈敲打着窗玻璃，他就更没有那么好奇了。

罗哲被噼里啪啦的雨点声吓了一跳，蓦然弹回到床上，且伴随着跳跃的力道摇来晃去。等他听到大门"砰"一声关上，这才再次朝窗户扑去。

他身体前倾，但见雨水从窗户上一泻而下，他只看得见有个人影在小路上移动——是个大块头男人，他撑着伞，好像还穿着短裤。可他究竟是谁？罗哲实在是说不上来。

大块头男人来到人行道之后，又转身看向这座房子。风急雨骤，他不管不顾，就那么杵着，好像在等待着什么。

这人真古怪。罗哲寻思道。

突然，灯灭了。

楼下的客厅也陷入黑暗。古蒂大喊大叫："喂，曼迪，别怕！别担心！是停电。你在哪里？"

管它停不停电，阿曼达才不要上当，免得暴露自己。所以她安静地坐着，一言不发。

"我来找找手机，当手电筒用。"古蒂说。

阿曼达听到一记闷响，像是什么物件落地的声音。可能是古蒂的手机掉到地上了。这个保姆显然是笨手笨脚型的。阿曼达假装没听到古蒂骂出的粗话。

"噢，在哪里啊？"古蒂沮丧地咕哝道。

在无边的黑暗中，阿曼达什么都看不见，但她想得出古蒂在前厅满地爬找手机的样子。要不要从桌下钻出去帮她找一找？可是一出去就算输了——阿曼达可不喜欢输。她决定原地不动。她马上为自己的这个决定高兴起来。

一道闪电照亮了书房。瞬间的亮光下，透过木椅子腿，阿曼达看到了两条灰色瘦腿，这两条腿就站在书房里。

突然，灯又灭了，屋里再度陷入黑暗。

意外出现的两条腿，让阿曼达倒抽一口冷气，她抬手捂住嘴巴，脑袋"嗡嗡"作响，那"嗡嗡"声仿佛在对她低语：安静。不要动。

雨水抽打着窗户。古蒂还在前厅里拖着脚走来走去。（阿曼达听到她"砰"一声撞上了摆放信件的小桌子。）

阿曼达屏息等待着下一阵电闪雷鸣。她一动都不敢动。她知道，自己一瞥之下看到的那两条腿，并不是她认识的人的腿，不是古蒂的，不是罗哲的，不是猫的，也不是她自己的。可是家里再没有别的人了——确切地说，是阿曼达希望家里再没有别的人。

阿曼达把所有人的腿都回想了一个遍。这双腿跟她本人的腿更像：黑裙子下面是白袜子、女孩的黑色搭扣鞋。除了去学校，阿曼达从来不穿搭扣鞋。现在她什么鞋子都没有穿。

"阿曼达，下来！帮我找找手机。可能掉在什么下面了。你知道手电筒在哪里吗？"

古蒂话音刚落，一道可怕的闪电照亮了整个房间，头顶轰然响起一声炸雷，甚至连屋子都为之一震。

阿曼达再往刚才出现两条腿的地方看去，这一次她什么都没有看见。那两条腿消失了。

取而代之的是一张脸——一张灰白色的女孩的脸出现在椅子腿之间，又黑又直的长发披挂在脸的两侧。这张脸正直直地对着阿曼达。这绝对是一张悲伤的脸。嘴巴小小，表情冷酷。

屋里又陷入了黑暗。

胆大的阿曼达做了她不想做的事，她居然尖叫起来，这么做确实有违她的性格。她一边尖叫，一边想也不想就朝椅子踢去——女孩就是从那里爬过来的。

事情过后阿曼达才想到，自己那么尖叫——像个女孩一样尖叫，实在是太可笑了。可在当时她没有办法不尖叫，黑暗里突然亮起一张脸，或许根本不是一张脸，实在太吓人了。那张脸只在眼前"嗖"地一闪，能确定看到的是人脸吗？（沉思了一会儿，答案为"是的"。）

不过几秒钟而已，古蒂就冲进了书房。她撞翻了废纸篓，嘴里骂骂咧咧。她往前举着手机，屏幕散发的朦胧蓝光将书房照亮了。

屋里一个人都没有。

古蒂把椅子从桌边移开，伸出一只手把阿曼达拉了起来。

房间里只有他们两个。这一点丝毫用不着怀疑。阿曼达四下里张望着。古蒂用手机照遍每一个角落。

"屋里进来个女孩。"阿曼达呼吸急促地说。

"没人啊。"古蒂说着，用手环住阿曼达的肩。"可能是你想象出来的。屋里太黑了，没想到这么黑。停电就是这么见鬼的事。好啦，好啦。"她轻轻拍着阿曼达的头，换作别的时候，这动作早把阿曼达激怒了，而此刻她却几乎没有察觉到。她正用心思考呢。

阿曼达知道，刚才所见并不是自己想象出来的（是吗？），可现在房间里没人，她也无话好说。她的大脑正在飞速运转，想着女孩到底去了家里哪个地方——电光石火见，她想到了罗哲。

楼上，罗哲仍然在阿曼达的卧室里。在黑暗中，他并不比真人男孩视力更好。

听到阿曼达的尖叫声，他马上往门口跑。可是还没跑到门口，就跑不动了。一个影子就竖在门口，像一个暗色的长方形立在墙壁的暗灰色里。恰在那时，第三道闪电炫目的光亮从窗户照进来，罗哲看见竖在门口的是一个女孩。

正是阿曼达看到的那个女孩。黑裙白袜，长发又黑又直，半掩着深邃而悲伤的眼睛。

罗哲依照阿曼达的描绘认出的她。女孩是下午来做调查的男人幻想出的朋友。对此罗哲非常肯定，即使阿曼达没告诉过他，罗哲也知道女孩是什么。他说不出自己怎么就知道了，也讲不明是哪里泄露了天机，可他就是知道她不是真实存在。也许正如老话所言：两人不过彼此彼此。

可惜只有一道闪电。罗哲刚把女孩认出，黑暗就重新笼罩下来。接着罗哲就倒飞回了卧室。

一定是女孩突然间扑了过来。她冰冷的双手紧抓罗哲的 T 恤，把他推回到卧室。她比看上去强壮多了，比阿曼达还要强壮。（有时候，和阿曼达吵着吵着就变成了摔跤比赛，次次都是罗哲输，部分在于她强壮，部分在于她作弊。）

罗哲的脚勾住地毯的边，他们一同绊倒在地。女孩压在了罗哲身上。她的头发蜘蛛网似的散落到罗哲脸上，他拼命想把散发从脸上吹走。

"下来，"他喘息着说，"放开我。"

她倒是下来了，手却并没有放开。

黑暗中，女孩爬起来，站直身子，把罗哲朝窗户那里拖。罗哲的 T 恤都快被拽掉了，地毯也被拉得卷了起来。

又一道闪电划破天空。罗哲抬头一看，只看到女孩灰色的手臂和直直的黑发。他并没有看到女孩的脸（脸转开了），但他感到她很不对劲，很可怕。

女孩把罗哲打翻在地，拖着他走——这当然也不对劲，也让人很意外。但不仅仅是这些。这个晚上发生的变数，奇怪而恐怖，罗哲心里感觉得到。他的心跳没有加速，而是变慢了，脊柱也由上至下一阵刺痛。他感到一阵倦怠。这个女孩不对劲。

女孩把罗哲抛到阿曼达的床上。罗哲暂获自由。借着橘色的路灯光，罗哲这才把女孩看个清晰。此刻，她正站在窗前，指尖伸着，去够窗户把手。

"咔哒"一声，女孩转动了把手，嘴里一面发出"呦呦"的声音。雨借风势，"哗"地飙进卧室。

"救命啊！"罗哲大喊着从床上滚下来。"阿曼达！"

当他喊叫的时候，一道异样的光束穿过窗户，在卧室的墙壁上打转。罗哲听到外面有汽车发动的声音，而后声音又消失了，因为引擎被关掉了。

只有夜雨在哗啦哗啦下着。

"砰"一声，车门关上了。女孩嘴里又发出了"呦呦"声。

她转头看向罗哲。她的剪影映在窗上。罗哲虽然看不到她的眼睛，但感觉得到她冰冷的眼神穿过身体。他的膝盖不由颤抖起来。

半空中，传来灯管的"嗡嗡"声，灯光摇曳着亮起。罗哲听到钥匙在前门上转动的声音。

然后灯光就洒满了房间。客厅、书房、厨房、楼梯平台刹那间都亮了。

一束明亮的光照进阿曼达的卧室。这道矩形的光从门口流入，越过地毯，投射到床上。罗哲四下里望，好像这光是他正待迎接的朋友。而后，某种东西从心口逃逸，轻飘飘地，忧愁、疼痛、害怕顿时从身上清除。待他再转头看窗户，女孩已经不见了。窗外，是无边的黑夜，无尽的冷雨。

"我回来了。"夏夫阿葡推开大门，扬声喊道："阿曼达？玛丽古德？雨太大，真是糟透了。罗斯不能单独留下她的小西蒙，愚蠢的狗。斯托特先生害怕毕晓普路被淹，所以会议推迟了，太蠢了，因为——"

"妈妈!"阿曼达跑进客厅，说，"停电了，灯灭了，你的书房里有个女孩，好吓人——"

"慢慢说，亲爱的。"妈妈一面说着，一面把大衣挂到了散热器旁的衣帽架上，"怎么回事?"

古蒂来到了前厅。

"嗨，夏夫阿葡夫人。我们捉迷藏。停电了。阿曼达藏在书房里，闪电的时候，她觉得看到了一个女孩，尖叫起来，不过她一点没有吓倒我。"

"我没有尖叫，"阿曼达打断古蒂——自尊心受了伤，生气地说，"我不是胆小鬼。"

"你一定没有尖叫，亲爱的。"妈妈说着在楼梯上坐下来，把阿曼达拉到怀里。

阿曼达从妈妈的怀抱里挣脱了。

"就是那个女孩，我今天下午看到的那个女孩，她——"

"噢，有时候你确实很会幻想，对吧？"

"不是，"阿曼达抗议，"不是幻想，她是——"

"书房里没有人，"古蒂说，"我们到处都看了，谁都没有藏在那里……除了……除了桌子下面。"

阿曼达焦急地咬紧嘴唇。她感觉心里一沉。

"阿曼达就藏在桌子下面啊。哈！我找到你了！"

"不算数，"阿曼达呵斥道，"你没有找到我，就是没有。你跟她讲，妈妈。"

"是我把你拉出来的，你在桌子下面正和椅子腿过不去。我确实找到你了。我赢了。"

"不公平，"阿曼达说，"我去找罗哲。"

此刻，罗哲已经关上了窗户，正在阿曼达乱糟糟的床上呆坐，T恤领口敞着，头发也反常地竖着。看到阿曼达，他说："你不会相信发生了什么。所有的灯都灭了。那个女孩来了，你看到过的，那个男人幻想出来的女孩。"

"我知道，"阿曼达不屑地说，仿佛听到的已经是旧闻，"我在

楼下看到她了。"

"她打我，"罗哲说，"还要把我从窗户拽出去——"

阿曼达看着罗哲，但没有真的在听。这个保姆是个骗子。阿曼达满脑子想的都是不公平。

"你知道发生什么了吗？"她无视罗哲的故事，"古蒂说她找到了我。是我自己从躲藏的地方出来的呀。你能相信吗？"

罗哲张口结舌，呆站了一会儿，说："你听到我说的话了吗？那个女孩，样子很吓人的长发女孩，嘴里'咝咝'的，她打了我。太可怕了。她的手——"

"噢，别夸张了。什么事你都夸大了说。我在楼下看到她了，没那么吓人。"

"我敢打赌，那是因为她没有碰到你。"一想到被这个女孩碰过，罗哲就浑身发抖，"她的手，呃，又冷又湿。哪里都不对劲。我很害怕。"

"罗哲！"阿曼达叫，声音愤慨，"你打翻了我的存钱罐。"

遭此惊吓，罗哲哪里注意到存钱罐的事。阿曼达的存钱罐样子像红色邮筒，上面有个投币口。是外公外婆送给她的生日礼物。它正躺在地上，已经给打碎了。硬币散落一地。

"对不起，"他结结巴巴说道，"我猜，是她爬到窗台上的时候打翻的。"

"随你怎么说。"她摆摆手，不愿意听罗哲解释，然后从罗哲旁边走过去，跪在床边捡拾硬币。

罗哲盯着阿曼达，心跳得很怪，胸口空空荡荡。

"我有可能被拖到窗外，"他望着阿曼达，阿曼达手里紧紧握住自己的硬币。罗哲缓慢地说，"我有可能被某个幻想出来的幽灵女孩绑架……你，你甚至都不听我说。"

她把他逼疯了。她应该是他的朋友，最好的朋友，她却不想听他诉说。在短短的生命中（两个月三个礼拜又一天），他刚刚经历过最可怕的事，然而她关心的是什么？几个撒在地上的硬币！还有愚蠢的捉迷藏！那不是一个朋友应有的表现，对吧？她应该说她有多么难过，再问问怎么做才能让他感觉好一些。她倒好，捡起最后几个硬币，把它们拢成一堆，放进床头柜里，然后才转过身，对他微微一笑，是饥饿的蜘蛛赐给疲惫的苍蝇的那种假笑，一闪而逝。

阿曼达在笑什么？她要打什么鬼主意？罗哲寻思。

"原来你藏在这里。"阿曼达指着他说，"你算是找了个最烂的地方。阿曼达赢啦！"

她朝空气挥出一拳，仿佛自己是个大赢家。

"听着，你这么说不公平。游戏结束了吧。"罗哲说。

"我从来没说过游戏结束了，"阿曼达辩解说，"所以是我赢了。"

"我受够了。我要去衣柜里面啦。"罗哲说。

他穿过卧室，走进衣柜。关上身后的柜门。心里想着，要给她点颜色看看。

第四章

"我们可以去游泳吗，妈妈？"第二天早上，阿曼达问。

她对着窗户挥舞调羹。外面不下雨了，但是早上的光线像洗碗水一样灰灰的。雨在地面上积成水坑，堵塞的下水道滴滴答答。"我们不能在花园玩，我和罗哲很久没游过泳啦。"

罗哲看着她。他一直不同她讲话。她似乎没注意到这一点。

"我看可以。反正我也要去城里。也许我们去……"

"太棒啦！"

阿曼达吞下最后一调羹玉米片，跳下餐桌上楼了。

妈妈收起她的碗，把罗哲没吃掉的玉米片倒进垃圾桶，把他的碗摆到阿曼达的碗上面。

她疲倦地揉揉眼睛，把碗放进水槽，开了热水龙头，挤了几滴

洗洁精。

罗哲出来后，在前厅里等着。

他要给阿曼达一个教训。他要等到阿曼达发现自己不开心，给自己道歉，到时候他会原谅她，一切再回到原来的样子。

这是个计划。他会坚持下去。

她下楼了。眼睛亮闪闪。手拿帆布背包。

"我带了游泳衣、护目镜、毛巾，给你带了条短裤。走，去看看妈妈准备好没有。"

罗哲还没回答，阿曼达已经跑进厨房。

罗哲意识到，阿曼达的问题是她注意不到什么。

昨晚，她没有注意到他的恐惧；早上，她没有注意到他的沉默。她沉浸在自己的世界，喋喋不休，就像罗哲时刻都在等着听她说出每一句话——当然，他在等她道歉。但是不管他听得多仔细，她冲着空气说的一百句话中，都听不到他想听到的"对不起"。

尽管沉默就是沉默，但是随着每个瞬间的逝去，罗哲沉默的味道加深了。她幻想出他，并不意味着她可以忽视他的感觉。

他抱起手臂，向车窗外看去。

有一瞬间，罗哲看到邻居家树下有两个人影，站在家对面的人行道上。由于阿曼达的妈妈正从车道上倒车，车子转弯时，他看不到他们了。等他再扭身看后窗的时候，他们已经不见了。

该不该告诉阿曼达？要说什么呢？她又该取笑他了。如果她没看到他们，也许就是没出现吧。阿曼达善于观察——当然，他纠正自己，她不观察的时候除外。所以他没有作声。

再三考虑之后，罗哲觉得看到的人影可能出自幻觉，不过是昨晚不悦记忆的后遗症。他睡得不太好，一直在衣柜里翻来翻去的。他打了个大大的哈欠。

"我老是喜欢仰泳。"阿曼达说。除了不停地说啊说的，她没注意到什么。"因为仰泳眼里不会进太多水。我总觉得他们应该在天花板上画画，或者是连载漫画，或者是别的什么，这样游泳的时候就可以看啦。你同意吗？"

即便他一直抱着臂膀，眼睛也粘在了窗户上似的，她还是一直跟他说个不停。

"我游泳可能是班里的第四名。文森特比我游得好，因为他腿长。泰勒长了个鱼脸，所以她比谁游得都好。我从来没见过阿布萨龙游，不知道他游得好不好。也许我是第三名。你怎么看，罗哲？"

她等着罗哲回答。罗哲没有回答。片刻之后，她又开腔了。

"我最喜欢泳池里的气味，味道很怪对吧？我也喜欢里面的声音。像一个满是水的教堂，也像公共汽车站。还有回声呢。气味古怪但是好闻。有人不喜欢。朱丽叶说她会眼睛刺痛，她最爱这么说了对吧？朱丽叶对花生过敏。"

罗哲觉得阿曼达真烦人啊。他的胸中憋着一团怒火，感觉耳朵随时会爆炸，从耳孔喷出一股热气。阿曼达仍然废话连篇。

"你不打算说'对不起'吗？"阿曼达终于停下来喘口气时，罗哲脱口问道。

阿曼达目瞪口呆看着罗哲。

"说什么呢？"她悄声问，以免妈妈听到，"你什么意思？说对不起？"

阿曼达这一问，罗哲的下巴可真要掉下来了。昨天晚上发生那种恐怖的事情，他又一早上都没理她，一直环抱双臂神情冷淡，阿曼达倒好，竟然不知道他在烦什么。她甚至都没有觉察到他在烦恼。

"什么啊？"她低声说。

"昨晚的事。"他说。

"噢，我还以为什么事呢，"阿曼达轻松地向空中挥挥手，"我早就原谅你啦。"

罗哲沮丧地跺跺脚。

"不，不，不，"他咬着牙说，"不公平！谁要你原谅？不该是这样子的。"

"你哪里知道怎么个样子？"阿曼达马上说道。她觉得彼此间的对话让自己感到疲惫。"罗哲，我幻想了你这个朋友，而不是你幻想的我。我比你活的时间长。你才活两个月三个礼拜零两天。你懂什么啊？如果不是我一直想一直想，你有可能……可能会消失。"

"你还好吧？"阿曼达的妈妈问。

"还好，妈妈。"阿曼达愉快地说。

"你骗人。我不会消失。"罗哲说，心里则想着说不定会消失。

"会的。"阿曼达嘶声说道。

"哼。"

阿曼达的妈妈停了车。游泳池到了。

"别忘了拿包，亲爱的。"

阿曼达解开安全带，从两脚间拿起双肩背包，拉开车门出

去了。

罗哲滑过座椅，也从同一个车门钻了出去。这样，两个人都站在了柏油碎石铺就的路面上，左右两旁是两辆泊好的车。

"阿曼达，在这里等我，看着车子，我去买票，马上回来。"

夏夫阿葡夫人背上手袋，去自动售票机那里付停车费。

罗哲从刚才站立的两辆车中间的位置走了出去。虽然他们的争吵被阿曼达的妈妈打断了，罗哲自认绝对有理，现在妈妈离开了，只剩下他们两个了，他准备旧话重提——他可不想就这么算了。

"如果你真那么想，"——意指没有阿曼达的幻想，他就会消失，"不如我们做个试验。我要走开一会儿，你看我是不是离了你不行。"

罗哲一面说，一面穿过车道，站到了泊着的两辆车对面。他高举双手，高到两人都能看见，"看，我还没有消失噢。"

"你傻啊，罗哲，"阿曼达向他伸出手，"到我这里来。"

"你先说对不起。"

阿曼达叹了一口气，马上又做个深呼吸。她不想失去罗哲。没错，文森特和朱丽叶也是好朋友，但是只有罗哲一个人是她最好的朋友。只有他可以跟她一起野外探险——只有幻想的朋友才能做到这一点。别人可能也会尝试一下，不过是假装而已。罗哲可是真的跟她一起干。

想到这里，阿曼达开口了："对不起。让你难过了。"

说完，阿曼达出人意料地向前一跳——这是整个夏天都在玩的把戏，是把她从老虎和外星人嘴边拯救出来的一跳。她也从两辆车中间跑了出来，想在罗哲胳膊上来上一拳，以此示好（她不是那种喜欢拥抱的女孩）。

眼看着就要跑过去了，突然"吱"地一声，一辆蓝色的破车冒着烟在阿曼达身后震颤着停下。如果她跑得慢一点，或者跑得晚一些，她就会被汽车撞倒，车轮就会从身上碾过，把她压成扁平的烤面包。

阿曼达心跳得"咚咚"响，就像打鼓一样，她的小心脏可从来没有这么狂跳过。她并没有跑多远，大约只有几米吧，奇怪的是，她居然喘不过气来。

她觉得冷。这种感觉，就像阳光突然被云层覆盖。举目一望，太阳真的被云层覆盖了。

"噢，阿曼达。"罗哲边喊边把她拥在怀里，"那辆车，那辆车差点撞了你。"

司机下了车，他的声音担心而犹疑："小女孩，我没看到你

63

跑出来，吓死我了。你还好吧？你没受伤吧？你亲爱的妈妈在附近吗？"

罗哲和阿曼达同时抬起了头。一个高个秃头男人一只手扶着车门，正俯身看着他们。每说一个字，他的红胡子就抖动一下。在这潮湿晦暗的早上，他的夏威夷衫显得分外格格不入。

"是他吧？"罗哲说。

阿曼达喘口气说："是。"她冲着男人大声说："妈妈马上回来。她买票去了。你没撞到我，真是太感谢啦。我很好。"

男人点点头，说："好！很高兴你没受伤。我可不想伤你。对你，我才不感兴趣呢，我感兴趣的是你的朋友。"他看了看罗哲。（在这之前，大人们谁都看不到罗哲。他心里有一点不舒服。）"我发现……"这个男人——阿曼达记得他说他的名字叫邦廷先生——边说边踮起脚尖朝后面张望，目光直接越过停着的汽车顶部，"……凭票泊车机那里队伍排得老长。我猜你妈妈一时半会儿回不来。"

没有先兆地，罗哲转过身去。他不知道自己为什么要转身。不是碎石的嘎吱声使然，因为并没有碎石发出的嘎吱声；不是微风吹来的香味，因为那个女孩不喷香水；不是使他心头蓦然一沉的感

64

觉……嗯，或许就是这个感觉吧。不管怎样，罗哲转身了，而正在他身后，顺着停着的车中间的通道看过去，他看到了那个女孩。

女孩站在汽车夹道的小路尽头，静止无声。看起来她像是堵住了他们唯一的去路，但是她没有。

"阿曼达，快跑！去找你妈妈！"罗哲一面喊，一面把阿曼达从大个子男人身边推了出去。

阿曼达和罗哲心意相通。听了罗哲的话，她头也不回地跑过邦廷先生的蓝色汽车，一只手滑过汽车潮湿的引擎盖。她在妈妈的车和下一辆车之间的小路上百米冲刺，笔直地朝自动售票机奔去。如果知道他们是往妈妈身边跑，邦廷先生和女孩一定不会追过来。只有和妈妈在一起，他们就安全了，对吧？

跑着跑着，阿曼达回头看来一眼，她发现只有自己一个人在跑。罗哲并没有跑过来。阿曼达停了一会儿。身后一个人都没有。没有人跟上来——不仅仅是罗哲，那两个人也没有跟过来。

刚才，罗哲推了阿曼达一把，让她快跑。他本来是要跟她一起跑开，离古怪的这一对远远的。不幸的是，还没开始跑，一只冰凉的手就卡住了他的手腕，使他寸步难行。

女孩是以不可思议的速度来到他跟前的。她一眨眼就跑过了两辆车，冲过来把他牢牢抓住。他伸脚踢她，但是没有用。她很快又抓住了他另一只手腕。

罗哲拼命挣扎，可是女孩抓得很用力。罗哲感到冷，体力也渐渐消失，好像女孩给他注射了某种可怕的镇静药，又好像他是她捕捞到的一条鱼，突然间被拉出水面，无望地在干燥的地面扑腾着，直到浑身麻木无力，肮脏不堪。

罗哲跪倒在水坑里，两只膝盖冰冷无比，但更为冰冷的，是他的内心。他又是推搡又是踢打，想摆脱女孩的掌控。他觉得自己的动作既凶狠又有男子气概，可是打在女孩身上，就像水母想要击败鲨鱼那样滑稽。

随后，罗哲眼前一黑，他的脸被一团阴影笼罩。

原来是那个男人，邦廷先生。他竟然跪了下来，姿势就像男人跪下来系鞋带。映入罗哲眼帘的一幕很诡异——邦廷先生的胡子正一下一下抖得欢。罗哲暗想，自己身处危险的境地，面对着不可知的命运，居然还能留意别人的胡子在抖动。这实在是够好笑的。可是有谁能忽略如此诡异的画面？邦廷先生并没有开口说话，可他的胡子竟然在抖动。

而后，邦廷先生张大嘴巴——任何一个正常人都无法把嘴巴张得这么大，大到眼看下巴就要随之脱落。一股热气蜿蜒而来，忽地一下喷上罗哲的脸。这股热气味道糟糕透顶，热烘烘，酸唧唧，伴着浓浓的腐坏味儿，简直太刺鼻啦。这股热气劈开潮湿的空气、灰蒙蒙的天空、满是水坑的路面，直奔罗哲而来，顿时，罗哲就被味道打倒了。

邦廷先生嘴巴不仅可以大大张开，造型也非常古怪。罗哲发现他的牙齿异于常人，每一个牙齿都是方方的，在嘴巴里一圈一圈绕，且排列整齐，一直向口腔里面延伸，最终抵达脑袋后方。在罗哲看来，如此怪异的牙齿堪称白色隧道，通向无限遥远的地方，远到都穿透了邦廷先生的脑袋。隧道尽头，则是一个漆黑的小孔。当然，这些牙齿并没有穿过脑袋，不然一定会让人疯掉——它们通往别的地方——罗哲一怔，突然明白过来，这一想法也足以让人疯掉。

稍后，那股吹到罗哲脸上的燥热刺鼻的气息消失了，邦廷先生开始做吮吸的动作，女孩则马上放开手，飞快地跳到一边。罗哲倒在地上，背靠一辆汽车冰冷的轮毂。他感觉体内有什么东西被拽走，随风飘去。

罗哲的世界顿时倾覆了。邦廷先生的嘴巴并非一个隧道，通向未知的远方，它变成了一个坑，或者说一个洞，一口井，而罗哲正

站在最边缘的地方，随时会掉进去。

迷糊之际，耳边传来一个熟悉而可爱的声音，在高声呼喊他的名字。

阿曼达看到邦廷先生向罗哲俯下身去，那个古怪而沉默的女孩在旁边茫然地瞪视着他们，不知道为什么，两只手搓了又搓。

阿曼达朝他们跑去，她用最大的力气朝大块头男人的脚踝踢去，一连踢了两次。

挨了两脚后，邦廷先生这才直起身。他用力喷出一口气，一只手放到身旁的汽车保险杠上。重力之下，汽车晃了晃，发出"嘎吱嘎吱"的声音。邦廷先生慢慢转向阿曼达，浓密的胡子下面挂着一抹假笑。

"你回来了，小阿曼达，"邦廷先生缓缓说道，样子很可怕，"你可真贴心、真善良啊。"

罗哲爬起来，闪避开邦廷先生的腿，一把抓住阿曼达的手臂，拔脚就跑。

他们一起跑啊跑。

他们从邦廷先生和女孩身边跑开，再弯腰从汽车中间跑过，跑回到阿曼达来时的路，然后飞快地向自动售票机的方向冲去。

阿曼达不敢回头看。从左边汽车之间的缝隙一瞥，她看到一个黑乎乎的东西飞了过来，有时候比他们快，有时紧跟着他们，贴着他们的头顶飞。阿曼达知道是那女孩。这一次，罗哲跑在了前面。阿曼达知道他是安全的，就继续往前跑。一定要跑到妈妈身边。

跑啊跑，雷声在头顶"轰隆隆"作响，一阵雨点打在脸上。阿曼达和罗哲从最后两辆车中间冲出来。他们没有往右边看，正是从那边，突然冒出来一辆汽车。

这辆车开得并不快，不过是在停车场缓慢行驶，可是在某些时候，即便是缓慢，也是够快的。

罗哲从引擎盖上弹开，打了个滚，重重摔到地上。他撞到了手肘，磨破了膝盖，并不是太疼。他吃力地爬起来，拍落牛仔裤上的砂砾。

"阿曼达，"他边喊边朝四下里张望，"阿曼达？"

阿曼达正在地上躺着——她也被撞倒了。她的头跌落在一个小小的黑水坑里。她的眼睛紧紧闭着。她的左手臂从脑袋上方伸了出去，角度很奇怪。她看上去既平静又怪异。罗哲马上发现，已经感觉不到阿曼达的呼吸。

她还在呼吸吗？他不知道。

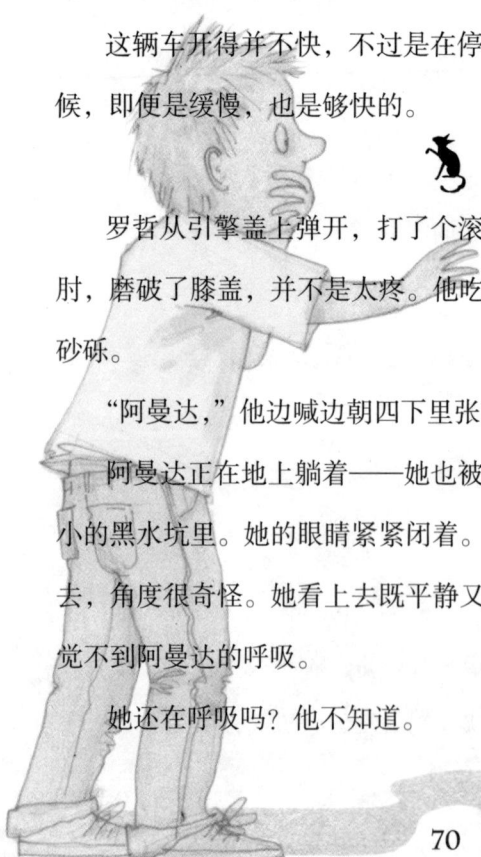

他还没跑到阿曼达身边，那里已经围满了人。

司机拉开车门，一副站立不稳的样子，她的脸都灰了，面颊上挂着泪水。"她从车子前面跑出来……我停不下来……她就那么跑了出来。"

旁边有人叫救护车；有人俯下身去一面听阿曼达是不是还有心

跳，一面握住阿曼达另一只没弯得奇怪的手腕；有人指着他们跑来的那条路，说着什么。

雨下大了。

阿曼达的妈妈跑过来扶起阿曼达。有人试图阻止她，说不能动孩子，妈妈听不进，跪在地上抱着阿曼达，爱怜地抚摸她的头发。

罗哲的视线被一大群人挡住了。这些人看不到他，所以他用手肘推开人群开路，往阿曼达那边走。

救护车开过来。阿曼达消失了。

第五章

　　罗哲的身体里面有一个洞，洞里有一个心脏——罗哲幻想着里面有一个心脏，或者说阿曼达幻想着里面有一个心脏。现在心脏的位置却空荡荡的，发出空罐头盒子般的回声。

　　不知过了多长时间，罗哲朝四周一看，发现自己还在出事的停车场。救护车开走很久了。邦廷先生和那个女孩也不见了——应该是被人群吓跑了。阿曼达妈妈的车还在停车场。她是跟着救护车走的。她还会回来取车吗？发生了这么可怕的事情，人类会做什么？

　　罗哲不知道。

　　他不知道的太多太多。他不知道回家的路。他不知道自己是否还有一个家。他不知道阿曼达不在的那个家是不是还欢迎他回去。少了阿曼达看着他，回到那个家对他有什么好处？

女儿不在家，阿曼达的妈妈会做些什么？一个人待着是很可怕的。罗哲想起客厅墙上挂着的照片。阿曼达和妈妈的照片。一张阿曼达爸爸妈妈的合影——阿曼达的爸爸在阿曼达出生前不久去世了。罗哲还想到了阿曼达祖父祖母和叔叔阿姨的照片。统统是别人的照片。没有一张是罗哲的。

既然阿曼达不在，那里就不是他的家了，对吧？

罗哲对着空中举起手。这双手并不是透明的。他没有如阿曼达所言简单消失掉。不过可以肯定的是，他的手比之前灰暗了，当双手快速移动时，后面会留下一缕烟雾的痕迹。

不经意间，时间又过去很久。云层散开，夕阳西下，太阳最终在游泳池后面消失。天色渐渐暗下来，碎石路上不知不觉间覆上一层阴影。如果就这么一直站在停车场，今天发生的一切就一直电影般在脑海里不停回放。罗哲必须离开。要想静下心来思考一番，要想制定出下一步的计划，罗哲必须把停车场抛到身后。

罗哲想找点事情做，可他又不知道该做什么。不觉间，他跑了起来。

他慢慢地跑，经过最后几辆车，再从最后几个离开游泳池的人身边经过。（他们没有看到他，但是当罗哲跑过去时，他们感到卷过了一阵风，奇怪于空气中弥漫着的淡淡火药味。）

罗哲沿着高高的建筑旁边的路跑下去，他的肺部火烧火燎，他的腿也痛了，但是他一直跑一直跑。水上滑梯的螺旋管道从头顶一闪而过，道路另一侧整齐的花圃也被甩在身后，砂砾在脚下"嘎吱嘎吱"响。他躲开一个坑，跳过一片积水，跑到了草地上。

路的尽头，就在游泳池后方，是一个公园。

公园很大，一派葱绿。突如其来的清新之地，让罗哲内心振奋了一下。阿曼达会把这种地方幻想成一个巨大的新世界。罗哲不再朝前跑，他双膝一软，跪倒在地。他再用心打量这个公园，希望这个公园变成一个好玩的地方，可他不是阿曼达，没有幻想新世界的那种想象力。他脑子里没有灵光闪现，只有阿曼达才能做到这一点。所以，公园仍然只是个公园。后来，身上竟然微微发麻，那种感觉煞是奇怪——罗哲连幻想自己的能力都没有。

他举起手来，看到树的轮廓穿过双手，甚至树的绿色也穿透了双手，虽然是一种模模糊糊、略微泛灰的绿色，可仍旧是树的颜色。罗哲知道自己正在消失。没有阿曼达来幻想他、记住他、梦见他，没有阿曼达把他变成真实存在，他的确会渐渐消失。

罗哲被遗忘了。他将从人间蒸发。

他走到一棵树的树荫下，这棵树亭亭如盖，树皮看上去粗糙坚硬，厚实斑驳，还长着节，罗哲伸手触摸，手指几乎感觉不到树皮

的存在，因为他的手正在消失，手指渐渐无力，他指尖下的树皮宛若棉花糖一样。

罗哲心头一惊，跌坐在草地上。他索性把背靠在树干上，这样舒服一些，像是枕着枕头休息。

他全身都在慢慢消失。

他困了，越来越困。

他闭上了眼睛。

消失是什么感觉？彻底消失又是什么感觉？

罗哲思忖，时间会证明一切，很快，时间就能证明一切。

"我看到你了。"一个声音说。

罗哲抬起头。

谁在说话？

树下出现一个黑影。起初罗哲没有看到它，因为在树影下它显得很黑。黑夜降临了，黑暗中，这只猫只是一个猫形状的黑色影子。

猫？

同他说话的是只猫？

罗哲没出声，不晓得人应该跟猫说些什么。

"小男孩，"猫说，"我看到你了。"

罗哲本来好好地背靠在树上，此刻他觉得靠得不舒服了。舒适的靠垫忽然又变回粗糙的树皮。夜晚的光线半明半暗，罗哲再次举起双手，要形容出手指的确切样子不大容易，但至少看上去又像手指了，它们不再像刚才那样如烟似雾。

"你能看到我？"罗哲问得有点蠢。

"能啊，我看到你了。"猫说。

"谁都没有看到过我。"

"肯定有人看得到你，肯定也有人看到过你了。我知道你是什么。"

"你是谁？"罗哲问，"你是什么？"

"我？我是金赞。"

"金赞。"罗哲把这两个字重复一次，努力念出这个不熟悉的名字。

"对，金赞。"猫回答道，继而又问："你有名字吗？我叫你'男孩'也行，可是世界上有那么多男孩，我会搞混的。"

"我叫罗哲。"罗哲说。

"嗯。"

罗哲很想看看这只叫金赞的猫脸上是什么表情。可是天太黑，什么都看不清楚。只知道它的声音听上去是傲慢的，带有一丝无聊，好像它想到别的地方待着，好像它有更好的事情要做。罗哲不知道这只猫是不是无聊，也不知道是不是有更好的地方待着——或许猫的声音听起来就是这样吧。他以前从来没有听过猫说话，据他所知，没有一个人听过猫说话。

他不知道是不是有人在和他开玩笑。但是，又是谁能跟他开玩笑呢？总是要先看见他吧，不过看到他的只有阿曼达。（突然，罗哲心头一震，他想起来了，邦廷先生也看到过自己。）

一想到阿曼达，罗哲觉得自己又开始消失了。

"不，你没有消失，"金赞说，"我相信你不会消失，罗哲。我也不允许你从我身边消失。"罗哲发现，猫在说消失（fade）的时候，开头的字母用的是大写，好像说的是某个医疗术语。"被人忘记，头几天的感觉有点微妙，对吧？不过这事早晚都会发生。跟我来吧。"

"我没有被忘记！"罗哲半含怒气地说，而后声音又温和下来，"没有。"为什么要冲猫发火呢？又不是猫的错。何况，接下来的话让罗哲心情那么沉重，"发生了车祸，阿曼达被撞倒了，她……"在说到那个想说的那两个字之前，罗哲顿了一下，再开口，说的是"……受伤了"。

猫一言不发。

"我猜……"罗哲犹豫了一下，他觉得自己很难说出想说的那两个字，但他偏偏想说出来，也需要说出来，"我猜，她……死了。他们把她带走了，只剩下我一个。"

"她没有死，"金赞随口说，"我见过人死，也见过像你这样的人消失。人死如灯灭，会彻底消失，就像关上一扇门，是眨眼之间的事。她没有死；你在渐渐消失，男孩。你被遗忘了。就这么简单。"

罗哲的心脏"咚咚"狂跳。"她还活着？"

"很明显活着嘛，不然我不会跟你聊的。"

"我要去找她。我要去找她。"

"你怎么找她，小精灵？一个人待上五分钟，你就被风吹跑啦。我没时间去找你的女孩。但我可以保你不消失。我不是无情的猫，我会带你去安全的地方，待在那里对你有好处。"

言毕，猫转过身，一溜小跑穿过茂密的草地。那棵罗哲背靠的树被远远抛在后面。至于罗哲有没有跟上来，无须烦劳猫回头看一眼。

罗哲还能有什么选择？

没有选择。

他站起身，跟了过去。

罗哲跟着猫穿过公园，走出公园大门，来到大街上。

"嘿，慢一点。"他喊。

猫丝毫没有慢下来的意思。

它轻快地在大街上走着，穿梭在行人小腿的丛林之间。没有人察觉脚下有一只猫。前面是一条巷子，猫悄悄钻了进去。巷子正对着一家灯光华丽的烤肉店，紫色的光，映在巷口的水坑里。

罗哲加快步伐紧跟着猫，生怕他到巷口的时候不见了猫，那样，他就会傻呆呆地立在巷子口，不知道自己要去哪里。

罗哲的担心是多余的，猫并没有走掉，它正蹲坐在一个垃圾箱上，用爪子搓着耳朵。

闪烁的街灯在垃圾箱和猫身上投下一层暗淡的光。罗哲第一次好好打量自己的"贵人"，该怎么定义这只猫？是新朋友？大救星？新麻烦？还真不好说。

金赞声音听来让人舒服，假定它是一只高雅的猫、一个绅士、一个贵族，那么罗哲等于在跟这样的猫打交道。要是养过猫，罗哲说得出金赞是暹罗猫还是缅甸猫。可惜他从来没养过一只。眼前这只坐在垃圾箱上的猫，俨然几只刚吃过败仗的残缺不全的猫拼凑而

成，身上有的地方有毛，有的地方没有毛，有几块是褐色的，有几块是白色的，有的地方洗个澡才看得出颜色。可是，如果勇气不足，力道不大，不多用点肥皂，金赞怎么会心甘情愿洗这个澡？令人叫绝的是猫的尾巴，不知何故，那长长的尾巴在中途弯成了直角，再看看猫的一对眼睛，更是让人称奇，居然右眼是红色的，左眼是蓝色的。

金赞看起来粗野残酷，俨然一个拳击手、一头野兽，简直像透了罗哲见过的那个危险的人。

罗哲一直都以为自己只认识这一个人，他也接受了这一事实。后来他想到了阿曼达，对呀，阿曼达才是罗哲认识的唯一一个人。

"我该怎么办？"

"我带你去安全的地方去啊。"猫回答，声调里的意思是：这不很清楚吗？

"在哪里？"

"就在附近。"猫缓慢地说，眼睛盯着巷子，好像在寻找什么，"要在对的时间找到对的门。"

"什么意思？"

猫打个哈欠，牙齿闪着黄色的光（牙齿倒是不缺）。

"你问题可真多，罗哲。"它说，又懒洋洋地打了个哈欠，"我

只不过是帮你忙。我是个好心的猫。我要知道答案，你觉得，我会是这副样子吗？"

"我不知道，所以才问啊。阿曼达老是问问题。"

"她都能知道答案吗？"

"不，不是都知道。"

"她不知道答案时怎么办？"

"她常常自己编一个答案。"

金赞听后笑了，笑声煞是奇怪，介于咕噜和咳嗽之间，但并非不带情感。

"我知道她为什么幻想你啦，"猫说，"因为她想听听不同的答案。"

猫舔舔肩膀，抖抖胡须，从垃圾箱上纵身而下。

"我闻到门开了。跟我来。"猫说。

说完，它一路跑到小巷深处，消失在黑暗夜色中。

一个巷子连着另一个巷子，第二个巷子连着第三个，第三个连着第四个。

金赞跑在前面，看不真切。不过那猫再三提示，免得罗哲跟丢："来吧"，"这边"，"我看到你了"。

罗哲心里升起一股奇怪的感觉：他们已经跑过了太多的小巷。而一条小巷必须通往一个地方，带你回到大街，对吧？但是跟着金赞，情况就两样了，一条小巷连着一条小巷，然后再连着另一条小巷，条条相连。虽然心中狐疑，可夜已深，加上今天罗哲又累又怕，所以他只能一直跟着猫，把一切怀疑都驱出脑海。

罗哲确信一点：如果说先前迷路了，现在是不可能迷路的。

"到了。"金赞说，忽而停下。

"到哪里啦？"罗哲问。眼前景致，依然是他们出发时的小巷啊，甚至，它就朝他们的来时路敞开着，对面，仍旧是烤肉店的霓虹灯标记。

"这扇门里面，就是你的新生活。"猫舔了舔爪子，又举爪在鼻子上搓了搓。

"什么门？"罗哲东张西望一番，"我看不见门。"

"啊，"金赞一边舔尾巴一边说，"我看到了。"

正当猫说话的时候，身边的墙上光影一闪，一扇门就在眼前，微微敞开着，至于门里面的光景，罗哲什么也没有看到。

"你该进去了。"金赞说，"我不能一直看着你，我还有别的事情要做——很重要的事情噢，我闻到老鼠的味了，要开工啦。你去呀，进去呀。"

罗哲满腹狐疑推开了门。

突然，罗哲走上一条廊道——在老房子里会见到的那种走廊，两旁贴着壁纸，图案是蓝色小花。地板"咯吱咯吱"在脚下呻吟。尽管背后的门敞开着，通着风，过道里还是热烘烘的，散发出一股年久月深的霉味。罗哲想，这应该是老东西的味道，是有皮毛的老东西，像是有一条湿漉漉的狗在篝火边打呼噜。

走廊的另一端是第二道门，也半敞着。罗哲隐隐听到里面传出"叮叮当当"的音乐声。他继续朝前走。要么往前走，要么回到小巷。猫已经说得很明白。它就在附近等着。

罗哲继续往前走。

音乐声仍然微弱，伴有别的噪音，罗哲的耳朵还是敏锐地捕捉到了。他听得到清楚远处传来的声音，分辨得出每一个字。这里某个地方有人。

他索性坐到地板上，背靠墙壁，听。

罗哲害怕了。

阿曼达一直看得见他，她的朋友却一个都看不见他，阿曼达的妈妈也看不见他，左邻右舍也从来没有人看见过他。不止一次，他爬过他们的脸，去捡球、捡飞盘或是"嗞嗞"响的棍状炸药，他们从不对他说过一个字。穿过这二道门，如果一屋子的人都无视他，或者一屋子都是看得到他的邦廷先生，那该有多么糟糕。

金赞说他在这里是安全的。可金赞是只猫。猫怎么知道呢？

转而，罗哲又来说服自己：猫不仅看见了他，阻止了他消失，还告诉他阿曼达活着。也许，他应该相信这只猫。

他站起身。他可以做到。如果鞋子里的脚是阿曼达的，她会怎么做？也许她会抱怨鞋子太大，但抱怨归抱怨，她还是会推开那扇门，不管门后面是什么，她都会去面对。他们曾经一起分享一切，他要学学阿曼达。这么一想，罗哲不再迟疑，伸手推门。

门"咔哒"一声关上了。

他又推了推，门纹丝不动。

他转动把手，再一拉，门开了。眼前的一幕，罗哲本以为是他最不愿意看到的。

第六章

罗哲走进了一个图书馆。

阿曼达跟他说过图书馆的事，不过罗哲一次图书馆都没有去过。今天是第一次。阿曼达曾经说："下雨天最好的室内活动就是去图书馆，每本书都是一次探险。"阿曼达喜欢探险。

音乐声更大了，刺刺啦啦，咔咔嚓嚓，像是老式留声机放出来的，然而，乐声欢快，振奋人心，洋溢着一股活力。

一路上都是书架，到处都是书。罗哲觉得图书馆就是个迷宫，一个书本建构的迷宫。他没有听出来音乐从哪里传出。

他四处张望。顺着走廊看过去，右边十米开外的地方，有个打哈欠的女人，正推着高高堆着书本的小手推车。

她在罗哲的注视下停下脚步，从手推车上抽出两本精装书看了看，然后放到书架上，再小心地插到准确的地方。

"你好？"罗哲说。

她不看他，把手推车往后拉了几步，给更多的书上架。天色已晚，她兴许该回家了，可她却不急不躁，仍旧仔仔细细，把每本书妥善归位。

"你跟她说什么？"头顶上方有个小小的声音，"她是真人，看不到你的。"

罗哲抬头张望。

他看到了一个长着巨大牙齿的恐龙脑袋，那脑袋就搁在书架上，一双小眼睛俯视着罗哲。这是哪种恐龙呢？罗哲不是恐龙研究专家，不过他至少分辨得出它是食草恐龙。它的牙齿巨大，色泽泛黄，又长又尖。再次开口说话前，它巨大的黑鼻孔里喷出热气，闪亮的厚舌头舔着嘴唇——可它根本没有嘴唇，极小的眼睛同时不停地眨巴着。

"你刚到吗？"恐龙问，声音像孩子似的又尖又细。尽管一说话，它的牙齿就"咔哒咔哒"响，怪吓人的。不过它并不是怪兽。

罗哲不知道该说些什么。

他倒不是真的害怕，他是感到太过惊奇。

罗哲遇到的这个家伙并不可怕——虽然它应该更可怕才是，三

件事情足以说明这个事实：第一，为了能在图书馆的天花板下栖身，这头恐龙不得不笨拙地低着头，这使它显得很好笑；第二，它小小的爪子放在书架顶上，大恐龙的小小爪子总是显得很好笑；第三，它是粉红色的。

"嗯，"罗哲说，"我是新来的。"

"我知道。我知道。"恐龙一边说，一边想拍拍小手表示欢迎，遗憾的是，它的两只小手却怎么都碰不到一起。"跟我来吧，见见这里的每一位。"

罗哲心想，这可真像看了一整天带字幕的法国黑白电影后，又看了场卡通片。虽然恐龙是粉色的着实让人吃惊，但是，此地怪里怪气的并非只有恐龙一个。

图书馆的中间地带，不再是满当当的书架，而是摆着桌椅，"人们"齐齐聚在那里。一眼看到他们，罗哲心里冒出的词是"人们"——他压根没去想那些人是真是幻。

他正置身于一个满是幻影的房间。有的幻影看起来就是个再平常不过的孩子——像罗哲一样，有的看起来却并非如此，其中有个一人高的泰迪熊，有个小丑，有个男人，他看起来像维多利亚时代的校长，精干，苍白，严厉。三个小矮人你推我挤，既想探头看个究竟，又都想躲在别的小矮人身后偷偷看。一只布偶猫跌坐在椅子里（罗哲后来知道了，这是一个孩子那一天早上就丢在图书馆的）。满是幻影的房间里，居然还有一块飘动的色块——和夏日天空的颜色一模一样，不知道是哪个小主人的创意。

即便那个乐声悠扬的留声机，也是一个幻影。它短短的胳膊短短的腿从留声机里伸出来，两只眼睛在唱片上滴溜溜转，转到唱针下面的时候就眨巴一下。看到罗哲，音乐戛然而止。它礼貌地咳嗽了一下，升起唱臂，眨巴几下眼。

有那么一会儿，罗哲只顾上盯着他们看了。在这之前，他只见过一个幻想出来的人，就是那个女孩，她想把他从窗户那里拖出去，把他喂给邦廷先生吃。眼下，身边这一群幻影，令罗哲感到随时都会崩溃。

"你看上去有些不知所措。"一个十几岁的女孩说。

她穿着粗布工装裤。罗哲从来没见过这样的衣服。这衣服很好笑，但他是个好人，并没有"咯咯咯"当场笑出声来。

"他刚来，"恐龙一边说，一边艰难地在天花板下转了个身，"他从廊道那里来。"

"过来，"女孩说这，抓住罗哲的胳膊肘把他带到一边，"请坐。你有可能被搞糊涂了。你是第一次到这里来吗？"

"对。"罗哲说着，在一架儿童图画书旁的沙发上落了座，"我这是在哪儿啊？这里都是些什么……嗯……人？"

"我们把这里叫做代理行。"她说着在罗哲身边坐了下来，"他们是谁？"她双手往两边一摊，意思是指所有人，"我想，你可以说他们是你的家人。欢迎回家。"

女孩名叫艾米丽。

"想来一杯咖啡，还是热巧克力？或者别的什么？"她问。

泰迪熊推着装满饮料和蛋糕的手推车走了过来。手推车有个轮子"咯咯吱吱"乱响。

"嗯……请给我一杯热巧克力。"罗哲说。

"给。"泰迪熊递过来一个热气腾腾的大杯子，"要蛋糕吗？"

罗哲觉得好饿啊，这让他大吃一惊。他一般不吃太多的。他吃剩的东西，阿曼达都好心地一扫而光。她常常鼓动他多剩一些。这已经成为习惯了。

"我能吃一块吗？"他指着一个小纸杯蛋糕问。

泰迪熊把蛋糕递给罗哲，顺便给了他一张餐巾纸。罗哲从蛋糕的糖衣上揪下几缕软毛，一口咬了下去。

"不错，你拿到了蛋糕，我该跟你讲讲话了。"艾米丽说。

"讲话?"罗哲一边吐蛋糕屑一边发问。

艾米丽把落在工装裤上的蛋糕屑拍掉。泰迪熊推着吱吱响的小推车走开了。

"是的,有个讲话,头一次穿过那扇门的,都要听一听。今天你受了惊,非常恐惧。你被人类遗忘了,于是你开始消失,在你随风飘散之前,你发现了这扇魔法大门。听着,接下来雪花会盯着你。"

"雪花?"

艾米丽指了指那头粉色的恐龙。它正和别的幻影朋友一起打牌。由于看不清小手里到底握着什么牌,恐龙很恼火,用尾巴尖抽打身后的书架。

"不是所有人都被雪花盯噢,进来的时候谁在旁边就由谁盯。我们这儿总是友好待人的。"

"这儿是什么地方?"

"罗杰,这儿是我们这种失业的人待的地方。"她叫罗哲的名字时念短了一点,变成了罗杰,真是恼人。

"失业?"

艾米丽深呼吸了一口,这才开始解释:"是这样的。有的孩子很有想象力,他们有本领幻想出我们,这样,我们和我们的创造者

就成了彼此的密友。一切看上去都很不错。后来那些幻想我们的孩子长大了，也就对我们丧失了兴趣，我们的结局就是被幻想我们的人忘记，一旦被忘记，我们就会开始消失。一般而言，到这里故事也就结束了，因为幻影会渐渐变成轻烟，在风中消散。在彻底消失之前，如果有幸被我们发现，我们就会把正在消失的幻影带到这里。在这里，大家都是安全的。"

"为什么是这里？"

艾米丽抬手指了指周围的书架，说道："罗杰，你和我都是幻影。你往四处看看，这个地方像个绿洲一样，这里就是幻影们的绿洲。当然，这里空气不新鲜，不过足够你混上几个礼拜啦。"

"几个礼拜过后呢？"

"你必须出去工作。"

"工作？"

艾米丽站了起来。

罗哲也站了起来。他把纸杯蛋糕的包装纸塞进口袋，喝了一半的热巧克力杯子握在手里，杯身还热乎乎的。

"跟我来。"艾米丽说。

他们穿过迷宫般的书架，来到前方的一块空地，这里摆放着一张桌子，白天那个真人就是在这里查看图书借阅情况的。桌子前面有条狗，在呼呼大睡。罗哲发现，这是人类幻想出来的一条正在睡觉的狗。（或者说，一条正在睡觉的、人类幻想出来的狗，罗哲不知道形容词怎么放更合适。）图书馆的两扇玻璃门正好对着大街。

外面，天已经黑了，橘色的灯光照在人行道上，几个行人打着伞从玻璃门前经过。又下雨了。

有人开门走了出去，是罗哲先前见到的推着小推车给图书上架的女人，她锁好大门，把一群幻影都锁在了身后。

"最后一个真人也回家了，晚上，这里就是我们的地盘。"艾米丽说。

罗哲打量着这个只有幻影的图书馆，恰好身边有个布告板，上面满满当当的，都是图书馆布告板的常规内容：有读书会和保姆广告，有茶话会、艺术课程的通告。罗哲突然发现有什么地方不对劲。

艾米丽说："看吧看吧，放松一下，让你的眼睛去看。"

在传单和告示后面——也许是在前面，开始有照片浮现出来，初看像是藏在迷雾里，再看，感觉迷雾被无形的风一吹，雾散掉了，照片变得清晰起来，很快，照片全部显现，覆盖了整个公告板。

艾米丽指着公告板上的照片说："这些孩子都想要个朋友，可

是他们想象力不足，幻想不出一个朋友来。会幻想的孩子不多见，要很有灵气才行。"

"就像阿曼达那样？"

艾米丽缓慢地点了点头。"被人忘记，刚开始的时候日子很难过，不过……"

"阿曼达没有忘记我，"罗哲打断她，"她是出了车祸，我会去找她的……"

"罗杰，"艾米丽也打断了罗哲，"冷静点，我很抱歉地告诉你——我知道你会难受，但我还是要坦率告诉你，你找不到她了。一切都不是那么回事了。我不给你制定规则，规则就摆在那里。你要早点明白事情的真相——你被阿曼达忘记了。已经没有回头路了，你只能从照片墙上挑一个新朋友。"

罗哲不信，就什么都不说。他并不想反驳她，现在不会，今晚不会。（与此同时，隐约有个声音，小声提醒："也许她是对的。"）

突然，身后传来一声呜咽。罗哲转身一看，是桌子旁边的老牧羊犬在做梦。它微微喷着鼻息，四肢不停抽搐，好像在追逐一只松鼠，而那只松鼠恰好就在眼皮子底下。

"不用管他，"艾米丽说。说到这条狗，她的声音柔和了，好像想起了很久以前的好时光，"他在等，等他的最后一份工作。他说

自己已经太老了，他一定要找到真正特别的那个人。他的大部分时间都花在等待上，他一直等在这里，生怕那个人出现的时候一不留神错过。"

"你说出现什么？什么时候出现？"

"我不知道，就是他要找的小孩子吧。老实说，他守在这里不停地打呼噜，其实已经错过了太多。但愿你能明白我的意思。"

罗哲看了看这条老狗，说不清到底怎么回事，他居然神经质地笑了，笑过之后目光又投向公告板。

艾米丽继续说道："你早上到这里来，挑一个模样你喜欢的，然后回到走廊，一切搞定，就这么简单。"

"就这么简单？"

"是啊。"

"具体怎么做呢？"

"不知道，"艾米丽耸耸肩，"反正就是这样子。"顿了一下后，她清了清嗓子，打起了官腔，"罗杰，我跟你谈过了，我也是尽力了，现在你已经来到幻影世界。欢迎光临。"她手中空空，却举着幻想出的杯子，"接下来的许多年，有好多工作要做的啊。"

后来，罗哲去了图书馆中央的一堆篝火旁。

他本来满腹担心——火和书可不能做朋友，而后他才发现，那堆火和阿曼达幻想的东西一样，图书馆没有被幻想出来的火烧着的危险。就算是幻想的火，那群幻影仍旧围火而坐，火光闪闪，他们一起享受着温暖。这些幻影看起来友好而和睦。

"烤烤棉花糖，讲讲鬼故事，晚上就该这么过。"艾米丽说。

棉花糖也是幻想出来的，黏黏的，味道好极了。图书馆这个家真不错，可以爱怎么幻想怎么幻想。

"罗杰，有件事我们可真做不来，"艾米丽说，"真人幻想什么，都有目的。我敢打赌，阿曼达就是这样。"

"是的，每天都这样。"

"我们和真人不一样，我们幻想出来的东西，都是大家一起分享。可以的话，也能引导一下，或者给些建议，提点要求。不过你千万记牢，你是在跟别人的幻影共事。"

罗哲默默喝掉第二杯热巧克力。他再一次想到阿曼达。艾米丽说过的话仍然在他的脑子里回荡。别的幻影或许都没能回到最初的真人朋友身边，这仅仅意味着，罗哲会成为第一个。他确信，自己可以用行动证明艾米丽说得不对。

他静静聆听周遭幻影的谈话。他们谈论的都是他不认识的人，一些他没见过的孩子，在他没听说过的地方做着他不明白的事。过

了一会儿，罗哲决定也来说两句。

他清了清嗓子。"打扰一下。"

屋子里蓦地安静了。唯有一个不消停——是个跟乒乓球一模一样的幻影，不停地发出有节奏的"乒乒乓乓"的弹跳声。（看到这一幕，对于阿曼达把自己幻想成一个男孩，罗哲深感高兴，情况简单多了嘛。）

"我是新来的，"他说，"你们知道，艾米丽帮了我很大的忙，她告诉了我这个地方是怎么回事儿。我觉得我不应该来这里——暂时还不应该来。要知道，我是因为遇到了意外。"

他开始讲自己的故事，从前天晚上跟小保姆一起玩捉迷藏的游戏讲起。

"你是说'邦廷先生'吗？"罗哲一提到那个男人，雪花的声音就从靠近天花板的某个地方传了出来。

"是的，阿曼达说他的名字是邦廷先生。他是这么告诉她妈妈的。"罗哲说。

"邦廷先生？"

恐龙念念有词，读出了这个名字——听上去很好笑，仿佛是在取笑叫做"邦廷先生"的那个人。

"你知道他？"罗哲问。

艾米丽把一只手放到罗哲肩上，"咯咯咯"笑开了。

"抱歉啊罗杰，我们都知道邦廷先生。我们不想搞明白你是不是碰上了他，这对我们没有意义。你不是在愚弄我们吧？对不起，搞砸了你的故事。"

"哪里的话。可我们真的碰到他了。他想要……"

听了罗哲的话，这只名叫克朗彻·阿福·布恩的泰迪熊哈哈大笑。原来这个泰迪是女孩。"啊哈哈，下次你该说遇到傻瓜西蒙了。"

"傻瓜西蒙是谁？"

"他比邦廷先生还要吓人，"艾米丽说，"晚上他会干掉你的真人朋友，披上人皮，用人眼看着你，指挥你做这个做那个——尽是些奇怪的事、危险的事。他的声音也是你真人朋友的声音，连腔调都不变，嗯……你不听他的都不行。"

"别说了，艾米丽。傻瓜西蒙好吓人啊，说了这个，晚上我要睡不着了。"恐龙雪花吓得声音哆嗦，两排大牙"咔哒咔哒"作响，脊柱似乎也传过一阵战栗，嘴里发出打寒颤的"呵呼"声。

"我说的不是这个叫傻瓜西蒙的家伙，我说的是邦廷先生。你们都知道些什么？说来听听。"罗哲说。

"人人知道的啊，罗杰。他都出生几百年了，"艾米丽继续说下

去，声音听上去像是在背诵百科全书，"他和魔鬼达成了协议。这个人的事情说也说不完。"

"我听说是跟小精灵达成了协议。"有人说。

"不是的，是跟外星人达成了协议。"又有人说。

"我想是跟银行经理达成协议啦。"泰迪熊克朗彻·阿福·布恩说。

"我听说是跟魔鬼。"艾米丽继续说道，"跟谁达成协议没那么重要啦，关键是，他一直活着，都活了几百年了。"

"他能一直活上几百年，是因为……他总是……"乒乓球一边"乒乒乓乓"，一边拼命想说些什么。

"他吃幻影，罗杰，就是吃我们这样的人。每吃一个，他就能多活一年。我也是听说的。不过没人讲过他有个幻影朋友。"艾米丽说。

雪花反驳道："他们说过的。我听说，为了拥有很好的想象力，他会吃掉别人的幻影朋友，这样他就有了内力，可以继续信任自己的幻影朋友。因为他不再是小孩子，他已经当成年人好多好多年了，按说应该忘了那个幻想的女孩了，但是他却不想忘掉她。那怎么样才可以？只有不停地吃掉别人的幻影。"

"这故事我倒没听说过。"艾米丽说。

"他是怎么找到幻影的?"罗哲问。

"邦廷先生闻得出幻影的味道。"克朗彻·阿福·布恩回答,"他闻得到正在消失的幻影的味道,就像猫也能闻出来一样。只要有一个鼻孔闻到哪怕一丁点味道,他就会像猎狗一样追踪过去。幻影一旦被他发现,只要还没有彻底消失,邦廷先生就会拿出餐具,耷拉下眼皮,大口大口把幻影吃掉。再来一块蛋糕吗,罗哲?"

罗哲摇了摇头,他现在心思不在蛋糕上。邦廷先生闻得到正在消失的幻影的味道?他找到阿曼达的家,发现罗哲,靠的并不是嗅觉,因为那时候罗哲还没有消失,不可能散发出什么味道来。邦廷先生一直都在主动猎杀幻影,而不仅仅是等待自己的鼻子恰好闻到猎物的味道。他一直在挨家挨户寻找。阿曼达在门前的台阶上看见了那个女孩,从那一刻起,邦廷先生就知道这里住着的女孩看得见幻影,也就是说⋯⋯

"他杀得死吗?"罗哲问。

艾米丽看了看他。"我不记得有人讲过他送命的故事。你们有谁听说过吗?"

大家纷纷摇头。

"金赞说,如果我们的真人朋友死掉,我们也会一道死。是这

样吗?"罗哲问。

"是的。"艾米丽嚼着棉花糖说,"不过,反过来也一样。"

"什么意思?"

"如果幻影死掉,真人朋友也会死掉。"

"没听说过。"乒乒乓乓弹跳的乒乓球说。

艾米丽说:"这是真的。我听说过一个名叫黑木的小孩的事。黑木和他的幻影朋友匹克匹克一起掉下了悬崖。是这样吧?他们在一起很开心,整天一起胡闹,直到有一天,他们突然出事。他们一起掉下悬崖,匹克匹克先撞到地上,她被摔成了碎片,'噗'一声,彻底消失了。然后她的真人朋友也死了。"

屋子里瞬间陷入死寂。过了好一会儿,雪花才开口说:"他们那是掉下悬崖,真人朋友当然会死。"

"不对,"艾米丽压低声音,一听这话,所有的人都伸出脑袋倾听,"你听得不完整,雪花。幻影死了,然后,那个真的小孩才死掉。"

"可是他们都是从很高的地方掉下来的呀。"雪花抗议道。

"没错,但是,那个真人小孩撞到地上之前就死了。"

沉默的时间拉长了。过来好久恐龙才问:"你怎么知道?"

艾米丽耸耸肩:"听说的呀。"

106

夜已深。伴着深夜的到来，篝火也悄然熄灭了。

有的幻影起身去睡觉了。

艾米丽领着罗哲穿书架，过走道，来到了一个吊床那里，吊床从走道一边吊到另一边。

"来，我帮你一把。"艾米丽说着，双手托起罗哲，帮他爬上摇摆不定的吊床。

在阿曼达家，罗哲一直都是睡在衣柜底部，睡吊床对他来说很是新鲜。吊床上有毯子，有枕头，吊床还能轻轻摇动，睡在上面，感觉整个图书馆宛如漂浮在海上。一张吊床安抚了罗哲。经过漫长又黑暗的一天，图书馆给他唱起摇篮曲。

罗哲不想很快睡着。他想知道阿曼达到底在哪里。一天里发生的那么多事，反反复复，都在罗哲脑子里打转：阿曼达是在家还是在医院？她想起我了吗？邦廷先生又在哪里？他是不是也想着我？

虽然不想入睡，可他确实睡着了，不知不觉间，等他醒来，已经是第二天早晨。

第七章

罗哲醒来的时候，头顶的电灯亮着，真人们已经站在他的吊床左右看书了。他爬下吊床，穿过一排排的书架，回到昨晚点燃篝火的空地。

除了雪花，别的幻影都聚在那里。

艾米丽看着他笑问："吃早饭吧？"

泰迪熊推着吱吱作响的手推车朝罗哲走过来，递给他一个蛋糕，又给了他一杯热巧克力。

图书馆里到处都是真人。有个人坐在乒乓球附近的桌子上看报纸。真人看不见幻影；幻影无视真人。一个图书馆，两个小世界，仿佛一个世界叠加在另外一个上面。他们置身同一个空间，却也相安无事——这或许只是罗哲的想法，当他把杯子放到一本书上时，事情发生了微妙的变化。书摆得很靠桌子边，但罗哲没有发现，热巧克力一放上，书马上失去平衡，往地上掉去。

落地的时候，纸杯和热巧克力都消失了；书却是"啪"一声砸到了地上。

看报的男人不由抬起头。

"罗杰，我的朋友，尽量不要这么干。"艾米丽说着，友好地在他罗哲手臂上打了一拳，"这么一来，他们会害怕的。我们都是好人，不要吓他们，记住了吗？"

罗哲弯腰去捡书。

"别管它。"艾米丽说。

"可是……"罗哲说。

"罗杰，你用用脑子想一想，书掉下来已经让那个家伙吃了一惊。不过由于重力，书确实会掉下来。他会当这是个意外。他很快就会继续看他的报纸，不再多想这个事。不过，如果他看到书从地面上飞起来，自己又回到桌子上，事情就完全两样了。这就太离谱了，他会觉得这里闹鬼了。他晚上睡觉会做噩梦的。如果事情变成这样，那都是你的错。你不想这样子对吧？"

罗哲摇了摇头。

艾米丽说："对了，我决定今天上午去照顾一个孩子。你和我

一起去吧，闲着一点意思都没有。"

"可是我想去找阿曼达。"他说。

"你怎么找？"

"我要搞清楚救护车把她带到哪里去了。我是说，她可能在医院里，我要去看看她。"

艾米丽无奈地摇了摇头。

"你呀，我说的话你一个字都没听进去。你不能一个人去医院，离开图书馆你就会消失。"

罗哲张开嘴巴，同时把手举高，看样子是有话要讲。

不过罗哲只来得及说个"但是"，就被艾米丽的话打断了："你最好是跟我来。我们会给你找一个新朋友。等你获得了信任——如果你还是坚持要去看阿曼达，到时候再提这事不晚。记住，你不能一个人去。"

无论罗哲多么想马上跑出去找阿曼达，无论他多想尽快重回到过去的生活，有一点他是明白的，他不得不听艾米丽的。虽然艾米丽的话听上去让人沮丧，但她绝对是个说话靠谱的人。

"跟我来。"艾米丽一面说，一面朝公告板走去。

她从公告板上抽出一张照片，照片上是一个很可爱的小男孩。

"就是他了。我对他很有感觉。"艾米丽说。

就是在那个上午，约翰·詹金斯打开衣柜找雨衣。

又下雨了，他要穿雨衣出门。

"噢，在这里。"他拉出雨衣就往身上套。

门关上的那一瞬间，发出了轻巧的"咔哒"声。一种奇怪的感觉涌上了约翰·詹金斯心头，仿佛有什么东西在他的脖子后面爬——不是在表皮，而是在里面爬。大脑中有一个声音说："有人在看着你。"

他急忙走出房间，穿过楼梯平台，快速往楼下跑。他的爸爸和妈妈正在门厅等着他。

"快点，懒骨头。再不快点，电影就要开演了。"爸爸说。

约翰快速跑下楼梯，可他跑着跑着停下了。他回过头，目光越过楼上的地毯，正好看到平台上摆着的五斗橱，从五斗橱下笔直地看过去，就是他的卧室。这短暂的逗留，让他看到了奇特的一幕。

衣柜的门居然缓缓打开了。

怎么会这样子呢？他确信，自己刚才把门关得好好的。

约翰·詹金斯继续下楼，拼命忍着不回头看。

"我去看看后门关好了没有。"妈妈说。客厅里只剩下爸爸

和他。

约翰坐在楼梯最下面一层台阶上穿鞋子。他还记得自己第一次系鞋带的事，是在假期刚开始的那天。那真是特别的一天。在那天之前，他一直很苦恼，因为他就是系不好鞋带，不管他的手指怎么绕，不管他打的结看起来多么像样，只要一站起身走上一步，鞋带就会松开，鞋子也会从脚上滑掉。

终于有那么一天，他一个人坐在床边，嘴里念念有词，到底是把鞋带给系好了。旁边没有任何人看着，自然是没有人告诉他该怎么系，好像他一直都会自己系鞋带。

当约翰的妈妈表示很吃惊的时候，约翰本人也用惊讶的语气回

敬妈妈，他喊道："我当然会系鞋带。我又不是小宝宝啦。"他确实不再是小婴儿，他已经六岁了。

约翰用手指把一根鞋带绕个圈，正想把另一根鞋带穿进去的时候——

他突然停下了手指的动作。

身后的台阶"吱呀"响了一声，就在他头顶上。

他和爸爸妈妈都在楼下。他没有兄弟姐妹。也没有朋友在自己家里过夜。楼上什么人都没有。这个楼梯约翰不知道踩过了多少遍，只有第二级台阶踩上去会"吱呀"叫一声，他对这个声音太熟悉了。

约翰看了看自己的手，他的手正在颤抖，鞋带的结也已经散开了。

他没敢朝楼上看。他的眼睛不知道往哪里看好。

妈妈从后门那里回来了："约翰，还没穿好鞋子吗？"

爸爸在看一封信，什么情况都没有注意到。

"没有呢，妈妈。你帮我穿吧？"约翰说。

"当然可以，亲爱的。"妈妈说着，在他面前跪下。

"妈妈？"

"嗯？"

“那里是不是……”

“你说什么？”妈妈说着，用力拉紧鞋带。妈妈要的效果是紧，不是舒服。

“你能抬头看看楼梯吗？”

“什么？”她继续系第二只鞋子的鞋带。她擅长做这个。她动作很麻利。

“上面有什么人吗？”

“别傻了。”妈妈说。她还是没有往上看。

“我，我听到了声音。台阶‘吱呀’响了一声。”

妈妈抬头往上瞄了一眼。

“上面什么都没有啊。”她说。

“爸爸，你听到什么声音了吗？你听到了，对不对？”

“什么声音？我没听到。抱歉啊。”爸爸说完这几个字，马上放下邮件，拉开前门，说，“走吧，我们要快点跑啦。”

约翰·詹金斯站起来，鞋子又紧又妥，雨衣又暖又好，但是想象中，冷雨正沿着脊柱“啪嗒啪嗒”悄然滴落。一定有眼睛在背后看着自己。约翰明明感觉到了，却不敢回头。

他以最快的速度跑出家门，一路跑在爸爸妈妈前面，朝停车的拐角处跑去。

终于从家里跑出来了，此时，约翰才敢回头看一眼家的方向。

家看上去还是那个家，只不过透过雨幕，约翰看到客厅的窗户那里，一张脸赫然浮现……尽管还没确定，可是在约翰的意识里，那个空无一人的家里，客厅的窗户上确乎浮现出了一张脸。

"嗯，还算顺利。"艾米丽喃喃说道。虽然嘴里这么说，她的一张脸却紧绷着，并且狠狠把自己抛进沙发里。

罗哲站在客厅的门旁。

"你确定要这么坐在沙发上吗？这又不是我们的家。"他说。

"噢，别这么孩子气，罗杰。现在，这里是我们的家。我们有活干啦。我们会一直住下去，直到约翰不再需要我们。"

"可他没看到我们。"

"这事，有时候要花上一点时间。就是这样。"

罗哲想：在找到约翰·詹金斯家之前，艾米丽一定知道自己在干什么。

艾米丽双臂环抱，然后放下，抬手挠了挠脸颊，又抱起臂膀。一系列动作，就像精心编排的舞蹈，精心是精心，就是不太好看。

过了一会儿，她开口了："我们再制定一个计划。我们要吸引他的注意力。只要他看到我们任何一个人，就算只看到一次，我们

115

就可以开工。"

"怎么做?"罗哲在她旁边小心地说,"刚才,他根本没看到我们藏在衣柜里。"

"是噢。"她咕哝了一声,"既然明着来他看不到,那就来点暗的,怎么也得让他看到我们。"

"来暗的?"罗哲问。

"对,罗杰,我的老朋友。"艾米丽高兴起来,边说边搓手,"我们一定要动用镜子戏法。"

电影很有趣,回到家,约翰·詹金斯已经彻底忘掉早上的奇怪感觉。

"我去烧水。"爸爸脱着鞋子说。

"我去上个厕所。"妈妈一步两个台阶往楼上跑。

客厅里只剩下约翰一个人。

他把脚放到楼梯最下面的台阶上,拉开了一只脚的鞋带。解鞋带的时候,他朝楼梯上瞄了一眼。这么一瞄,约翰心头咯噔一下,莫名想起早上听到的声音,顿时,电影带给他的全身心的愉悦消失殆尽,他的心里沉甸甸的,仿佛塞了块石头进去一样。

约翰又鼓起勇气朝楼上看去。他是不得不看。他感觉到一旦眼睛移开片刻，就会有什么事情发生：有可能门砰然关上，也有可能楼梯吱呀作响；就是四下里张望几眼，也免不了会发生点什么。约翰石化了似的动弹不得，好像公路上的兔子，明明看到亮灯的大卡车开过来，却不知所措，只能一动不动。

过了一会儿，他把台阶上的那只脚放到地上，换了另一只脚。

约翰弯着腰，两手用力去拉鞋带，两眼直直盯着楼上的方向。妈妈很会系鞋带，猛地一拉就能解开，从来不打结。

然后，他看到了楼上方出现一个身影。

约翰忽地跳起来，几乎一下跳到半空中。

楼梯上方的身影不是别人，是他的妈妈。"噢，对不起，亲爱的，我吓到你了吧？"妈妈问道。

"妈妈。"约翰叫了声妈，听上去像是在呻吟。

随后，一家人坐在餐桌边吃晚饭。约翰的爸爸妈妈很贴心，虽然离开学还有一个礼拜，但今天他们两人都不工作，所以，大家在最后的家庭日去看了场电影。

所谓约翰家的饭厅，不过是在客厅找块小地方摆张桌子罢了。吃饭的时候，如果约翰听话，电视是准许打开的，他可以边吃饭边看电视；其实无论约翰听话与否，只要他吵着闹着要看，也是可以

得逞的。可是今天不一样，一家人要坐下来聊一聊。

爸爸的话题是他的自行车，他说他很想在秋天到来之前换两个新轮胎。妈妈在吃色拉，约翰的眼睛在往上面看。

约翰的椅子后面是个威尔士梳妆台，上面放着些可怕的盘子，那是奶奶买的礼物，她每逢圣诞节必送盘子。对面墙上有一面大镜子，是爸爸入夏时从二手市场淘回来的货色。爸爸说这样房间看上去更大一些。约翰不知道房间是不是显得更大了——他一直觉得房间本来就足够大。一旦谈话变得乏味，或者没有电视可看的时候，约翰总喜欢盯着对面的镜子看。爸爸妈妈说话的时候，他已经盯着镜子，把背后那些盘子上的小猫图案来来回回看了个遍。

其中有一只猫在闻花香，另外一只正坐在垫子上，还有一只胡子上沾满奶油。妈妈说这些盘子很糟糕，就算约翰才六岁，也不是什么艺术家，他也知道妈妈说得没错。如果他有选择权，他宁愿盘子上的图案都是机器人，打碎东西的机器人多好玩，机器人和机器人打架多带劲，最好把对手打个稀巴烂。也许可以好好跟奶奶谈谈，让她今年圣诞节送来几个机器人盘子。

看完猫咪，约翰转而看向面前的桌子，他看看盘子里的鱼肉条和豌豆，看看右边坐着的爸爸，再看看在对面就座的妈妈。四人餐桌旁还有一把椅子，却一直是空着的，只有客人来了才会坐坐。家

118

里只有三个人，他们三个谁都没有坐过那把椅子。

"色拉吃得很快呀。"妈妈说着，把最后一些拿到自己的盘子里，"约翰，你吃了吗?"

约翰没有回答。他的目光又投向镜子。

他看着自己的眼睛，看看爸爸，看看妈妈的后脑勺，然后看向空着的那把椅子。

一个十几岁的金发女孩正坐在那把椅子上，叉子上举着一块莴苣。约翰眼睁睁看着她把莴苣塞进嘴里，动作压根谈不上优雅，他几乎听到她嘴巴里"嘎吱嘎吱"的咀嚼声。

约翰和女孩的目光在镜子中相遇了。女孩的一只眼睛眨了眨。

第二天早上，邻居们见到约翰的妈妈，纷纷打听她家里的尖叫声是怎么回事。那会儿，她正和房产经纪人待在屋前的花园里，经纪人挥着锤子，把待售的标牌敲进了草坪。约翰的妈妈告诉邻居，他们遇上了倒霉事，要去她妈妈家住上一阵子。

"去他妈的!"艾米丽骂道。她正在约翰·詹金斯家的客厅里踱来踱去。

罗哲在一边打量着她。

"经常出这样的事吗?"他问。

"不是!"艾米丽咆哮道,"碰上个明白的孩子,知道是上天送来了礼物。这个詹金斯太没用了。我是说,哪个孩子能喊出那么大的声音?我从来就没见过他那样的。真是好笑!"

"可是你吓到他了,艾米丽。"

"我是吓到他了,可我不是故意的。看着我,我像个鬼吗?我有那么可怕吗?"她微笑着,胡乱揉了揉头发。"我这个幻影并不可怕,对吧?再清楚不过了,那个男孩就是弱智。他们应该把他送回厂家回炉。"

罗哲等她说完才开口:"我们现在该怎么办?"

艾米丽跌坐到他旁边的沙发上,抬手捂住脸。简直一点曙光都看不到。在无人相信他们的真人的世界,在没有人的这个房子里,他们要待多久才能出去呢?罗哲不知道答案在哪里。他的手在口袋里握紧了,手心里传出一阵疼痛。

"我们只能做一件事,"艾米丽疲倦地说,"回去。"

"找不到门啊,罗杰,这里看不到一条旧巷子。心诚则灵,你就好好想想吧。"

"我们不能从前门走吗?"

"去图书馆?"

"对。"

"要是我们在城里,回去倒不成问题。可我现在不知道我们在哪里。所有的街道看起来都一个样儿。这样吧,你留心着开往城里的公共汽车,我去找一找巷子。"

他们在詹金斯的三邻四舍附近转了二十分钟(没有公共汽车),才找到一条巷子,艾米丽认为可以走这条巷子。

罗哲朝巷子里看去,眼前是一条有两排栅栏的路,两边都是花园。不远的地方有几个带轮子的垃圾箱,还有一辆坏掉的童车。一股酸臭的味道钻进了鼻孔。

"是这条巷子?"

"看看那个影子。"艾米丽回答。

她指了指附近的路灯柱,然后指了指巷子。

路灯柱的影子往右,篱笆的影子往左。这条巷子,居然连影子的方向都是相反的。

"走吧,我们想找一扇门,就会有一扇门。最好快点。"

艾米丽举起手,她的双手真的正在消失,灰色的烟圈正从她的指尖袅袅升起。

罗哲没去看自己的手,他经历过这种感觉,像是数不清的软针

一起刺向手指。

"打扰了，年轻的小姐。"身后传来一个声音，"天气真糟糕。我迷路了。请帮忙指一下路吧。"

罗哲转身一看，人行道上站着一个人，胡子竖起，不是他又是谁?

"艾米丽，"他说着，使劲拉他的胳膊，"不要……"

艾米丽没有听到罗哲说话。她没想到有人会看到自己，一下子惊得目瞪口呆。她身处幻影世界已久，知道怪事落到了自己头上，只是，她还不确定是什么样的怪事。

"怎么帮呢，老兄?"她假装镇静。

"噢，很简单。"邦廷先生向她俯下身去。

罗哲大喊:"不要，艾米丽，他是邦廷先——"

话没说完，一只潮湿冰冷的手"啪"一声捂住他的嘴，用力把他往后一拽。

是她。

罗哲挣扎着，咬她的手，踢她的腿。都没用。

邦廷先生弯下腰，一把抓住艾米丽的肩膀。罗哲看着那张没有尽头的嘴大张着，可怕的隧道伸展开来，一路通到后脑。艾米丽看起来就像琥珀里的昆虫一样，丝毫动弹不得。罗哲觉得她应该挣

扎，可是她就那么站着，瞪眼看向邦廷先生嘴巴里那没有尽头的黑暗隧道。

而后她的身体伸展开来，像滴滴答答的蛋羹一样拉得很长。伴着令人匪夷所思的"吧唧吧唧"品尝美味的声音，邦廷先生把艾米丽整个吞进了肚里。

然后他的嘴猛然闭上，发出"嘣"的一声，像是敲打了一记木琴。一缕青烟从他的胡子下面飘逸而出。

邦廷先生打了个火药味的嗝。

"噢，天哪。"他看起来很高兴，"现在……"

罗哲一直在徒劳地挣扎。他在更猛烈地用力。他的脑中全是艾米丽。确切地说，艾米丽应该不是他的朋友，但他们是同类，而且，她以自己的方式对罗哲好过。

他比先前咬得更用力，还用手肘朝后撞击，终于把这个苍白模糊、皮包骨头的女孩甩开了。

罗哲把一根手指吐到小巷的泥地上，撒腿跑开了。

耳朵里传来"咝咝"声，像断裂的管子里漏出的水蒸气，身后是"啪嗒啪嗒"的脚步声。

罗哲拼命地跑啊爬，生死一线间，他不能停，否则他真的死定了。

这条巷子东弯西绕，两旁的木篱笆不知道什么时候变成了红色砖墙，然后再变成破败的黑色砖墙，粘贴在墙上的旧海报边角破损不堪，零零落落垂挂下来。

"咚咚咚"的脚步声不依不饶地追上来。显然，邦廷先生和女孩并没有放弃。追不上罗哲，他们却也不甘心停下脚步。

于是，就出现了罗哲领着他们跑的场景。这个男人可以溶解幻影，把幻影整个吞下，罗哲亲眼目睹了刚才的惨状，受惊过甚，到此刻他才意识到，就这么直接跑回图书馆，等于是把唯一的藏身地暴露了，那么多"失业"的幻影朋友就会被发现——这无意正是邦廷先生梦寐以求的。

一念至此，罗哲跑得更快了。必须是他先到图书馆。

"我看到你了，男孩。"罗哲听出了这个声音。

罗哲跑着跑着猛地一跳，匆匆说道："现在忙着呢，金赞。"

猫坐在巷子中间的阴影里，大腿举到半空中，正大洗特洗自己的屁股。这么洗有什么特殊效果吗？

邦廷先生没有看到猫，突地绊到猫身上，朝前飞了出去，又翻

个跟头，这才"咣"一声倒在地上。

金赞既强壮又灵活，但这么一撞，也朝另一个方向弹了出去。它被摔得有点眩晕。在这一团糟的巷子里，摔一下于它而言只是稍微有点糟而已。它并没有受伤，还爬得起来。它知道要担心的不是自己，至于要担心的是什么，它闻得到却看不到。这种味道不是幻影消失时散发出的轻微的焦煳味——这种焦煳味，是男孩经过它身旁散发出的味道，现在空气里弥散着别的味道，一种酸酸的、咸菜腌了太久的味道。

正当金赞狐疑时，不知哪来的冰冷手指一把卡住了它的脖子，它顿时浑身一麻。

罗哲一直跑啊跑。他听到了邦廷先生绊倒的声音，也听到了猫踢腾着发出的尖叫声。谢谢金赞这只聪明的猫，多亏它脑子转得快，才能救罗哲于水火之中。

拐了最后一个弯，罗哲看到了图书馆大门上闪烁的灯光。

一秒钟之后，他的手就摸到了门把手。

罗哲转过身，想看看邦廷先生是不是跟上来了。令他吃惊的是，他看到了一堵墙。他四下里一看，自己已置身一个带砖墙的院子里。一堵高墙，把罗哲身后的小巷切断了。罗哲终于又安全了。

而后，他听到了一个声音："他去哪里了？这男孩真该死。你看你看，我们跑啊跑，居然又回到了大街上。疯了疯了，太不可思议了。"

邦廷先生正在自言自语，或许是跟那个女孩说话。他就站在墙外。

一条幻想出的小巷，一扇幻想之门，多么美好啊。邦廷先生发现不了这个秘密，靠他自己是不可能发现的。罗哲衷心希望，这个幻影戏法，那个女孩最好也破解不了。

等了半天，沉默的同伴还是沉默不语，邦廷先生又开腔了。"你说得对。我们一定要对他下狠手。有了，我们要去一个地方。还记得他的那个小女孩吗？"

墙外，"嗞嗞"的声音宛如蛇的喘息。而后罗哲听到远去的脚步声。最终，四周彻底归于寂静。他的呼吸从容了。

罗哲再一次安全了。可是一想到艾米丽，可怜的艾米丽！刚才光顾着跑了，他都没有机会好好回想一下亲眼目睹的惨事。现在想来，艾米丽被溶解后，不是被邦廷先生吃掉的，而是被他喝掉了。她转瞬即逝，不知道是否有办法把她找回来？

而后他才想起：猫在哪里？

再稍后他想道：我要进去。

第八章

"不对，不对，"一人高的克朗彻·阿福·布恩，也就是泰迪熊，朝空中挥舞着毛茸茸的胳膊，阻止罗哲继续说下去。"哪来的邦廷先生，嗯？不过是吓吓刚被忘记的幻影罢了。这类都市传奇你也信！昨天跟你说过了，不记得啦？"

"你说错了，"罗哲坚持道，声音急促，气都喘不过来，"不是传奇，是真的。刚才，我又看到他了——他和那个女孩。我们到处找巷子……必须跑啊，可他抓住了艾米丽！他吃掉了她，我眼睁睁看着却没有一点办法。我很抱歉。"

"谁？"

罗哲揉揉眼睛。

"艾米丽。"罗哲说，"她死了，她——"

"艾米丽？"

泰迪熊的表情难以琢磨。这只熊难道是在做游戏吗？不然为什么假装没听说过艾米丽这个名字？

罗哲平静地说："邦廷先生吃掉了艾米丽。她彻底消失了吗？她再也不会回来了吗？"停顿了一下，他继续说，"万一他吞吃了你，你还能回来吗？有什么回来的办法吗？我们是不是还能救她回来？"

克朗彻·阿福·布恩用爪子搓着下巴，状似在思考什么。过了一会儿，他说："这个嘛，我只听人讲过一次：一旦被吞吃，也就撒手尘寰了，好像从来不曾存在过。他们用的是'撒手尘寰'这个成语。死了就是死了，比消失还糟糕。"泰迪熊停顿一下，摇摇头继续说下去，"罗哲，就算真有邦廷先生这个人，他也不是真人，他是组装的。"泰迪熊从手推车上拿了块蛋糕递给罗哲，好像这事已经说完。"来一杯热巧克力？你喜欢喝巧克力，对吧？"

"艾米丽怎么办？"

"我不知道你在说什么。"

看样子，罗哲不能指望从泰迪熊嘴里找到答案。她不是在做游戏，也没有假装。她真的记不得谁是艾米丽了。仿佛，艾米丽从这个世界消失，同时也从她的记忆里消失了一样。但是罗哲不一样，

他看到了发生的一切，他还记得艾米丽。

他试着向别的幻影诉说艾米丽的事。

乒乓球不记得她。

十二个小小人打扮得像土地神似的，其中几个嘴里喊着"突袭！"从书架一跃跳到他身上。可是他们也不记得艾米丽。

长得像维多利亚时期的校长的那个幻影说，请罗哲不要浪费他的时间，他正要读一本书，这本书很重要——他在找借口，事实上他连书都拿颠倒了。罗哲用手肘轻轻推了推他，他居然打起小呼噜。罗哲彻底无语了。

艾米丽被所有人抛到了脑后。

罗哲希望恐龙雪花在身边。这只恐龙跟大象一样大。大象从来不忘事。雪花会不会忘事呢？也许它也不记得艾米丽了。

他一直认为待在图书馆很能帮到自己，看来他想错了。他找到的不过是个藏身的地方，一个有免费的食物吃的所在。他要自己制定一个计划，终结邦廷先生的饕餮暴行。

他做得到吗？他确定要这么做吗？还是躲到一边保全自己？这样不是更明智吗？

也许这样显得明智些。但是罗哲知道，如果躲起来对发生的一切撒手不管，阿曼达永远都不会原谅他。

那晚，罗哲很迟才走去吊床那里睡觉，还没走到地方，他听到

了狗叫声，于是停下脚步。

转过身，发现是幻影狗跟在身后。

是条黑白花的长毛狗，这狗可是个老家伙了，眼圈暗淡，虚弱不堪，纵然曾经拥有过好日子，活到现在也基本走上了末路。罗哲记得前天见过这条狗，对了，就是在公告板旁边睡觉的那条老狗。

"你好。"罗哲招呼他。

狗小声地汪汪叫着，头向一边昂着。

"要我帮忙吗？"

"你就是他，对吧？"狗说，声音友好，但也不乏粗野。

"他？谁啊？"

"克朗彻·阿福·布恩谈论的那个新来的。"

"没错。我叫罗哲。"

"是的，你就是他。罗哲，告诉我，你说的是真的吗？"狗的声音里带着紧张。

罗哲想：最终还是有人相信我的。

"对，都是真的。"

"噢，天哪。"狗摇着尾巴感叹，"她，她好不好？"

"你记得她？"

"当然记得，当然。"

"你是唯一一个记得她的人。这个图书馆里没有别的人再记得她了。他们表现得仿佛从来都没见过她。可她今天早上还在这里啊。"

"我不想让自己显得粗鲁，可是罗哲，我认为她并不在这里啊。我是见过她，可她多年都不在这里了呀。"

"错！她当然在这里。就是她陪我参观图书馆的呀。"

"听不懂。"

"邦廷先生吃了她以后，就没有一个人记得她了，除了——"

狗生气地吠叫，声音吓人。

"什么？什么？你什么意思？她被吃了？邦廷先生？就是那个邦廷先生？"

"我跟大家说的就是这件事啊。"

"怎么可能？他们老是说他吃幻影，没人提到过他吃真人啊。"

"可是……艾米丽不是真人。"

"艾米丽是谁？"

罗哲张大嘴巴，却说不出一个字来。他只好又闭上嘴巴。这场谈话驴唇不对马嘴。突然罗哲心里一亮，他顿时明白，他和狗之间进行的是两场并行的对话——他们都在自说自话。

"你说的她，是谁？"他问狗。

"伊丽莎白·珰碧特。"狗说话间，尾巴一扬，扫落书架上的一本书，"我的丽兹。"

"噢，她是谁？"罗哲问。

"她是我的第一个朋友。就是她幻想出的我。那可是很久很久以前的事了。"

"这和我有什么关系吗？"罗哲问。

"我听说你的朋友是我的朋友的女儿。"

"不不，你肯定是弄错了。我的朋友叫阿曼达，阿曼达·夏夫阿葡。"

"对呀，你的阿曼达正是我的丽兹的女儿。"

领会了狗的意思之后，罗哲在它脖子后面挠了挠。

"我只想知道，嗯……她快乐吗？长大成人的她快乐吗？"狗问道。

罗哲答道："我觉得她是快乐的。她大部分时间都在电脑前忙忙碌碌。她有时候带我们逛逛公园，游游泳。电脑陷入'沉思'的时候，她会到厨房做蛋糕，她做的蛋糕味道好棒，你真应该闻一闻。无论阿曼达做什么，她都是笑一笑，就算阿曼达做蠢事，她也只是笑一笑。阿曼达不在她眼前，她有时候会一个人微笑；如果她认为我们睡着了，她时而会在电话里笑，或是看着电视笑。我并没有跟更多成年人接触过，不过我想，她是快乐的大人。有时候呢，她也会生一点点阿曼达的气，可我不认为她不快乐。嗯……直到——"

"她是不是……"狗打断了罗哲，罗哲不想这句话被打断。

"什么？"

"她……提起过我吗？"

"嗯……"

"弗瑞杰。"

"你说什么？"[①]

"我叫弗瑞杰，说不定这个名字挺有好处的——我是说，她可能不会讲'噢，我希望那条又大又老的幻影狗现在就在身边'，不过或许你偶尔听她提过'我想念弗瑞杰了'。你不会知道这对我多

---

① 因为弗瑞杰由英文"Fridge"译来，意为"冰箱"，罗哲表示惊讶，不知为何说"冰箱"。

么重要吧？"

狗的眼神里满满都是乞求。罗哲不想让他失望。他飞快地开动大脑，回忆阿曼达妈妈说过的话。回忆一个人的话真的很难，一是因为，她说过的话太多了，二是因为，想到她就会想到阿曼达——罗哲是多么喜欢听阿曼达说话啊。

然后，罗哲脑中一闪。"她厨房里的一个橱柜取了你的名字，很冷的柜子，她用来放牛奶。我不知道这是不是有什么特别的意义。"

"噢！"冰箱说——不，那条狗说。

给很冷的柜子取了自己的名字，哈哈，这让这条幻影狗无比开心。

🐾

第二天早上，罗哲站在公告板前，看着照片上的一张张脸。二十四张脸齐刷刷对着罗哲看。该挑哪一个呢？哪个孩子能带他回家，能把他领到医院，帮他找到阿曼达？该怎么挑呢？

艾米丽曾经意味深长地说过："你知道的。"

弗瑞杰蜷缩着身子睡在原地，如往常一样，等待要等的人。看照片的时候，罗哲听到他在打哈欠。

"噢，罗哲，是早上了吗？"他问。

"是的。"罗哲说。他既恼火又高兴，恼火的是考虑重要事情的时候被打断了，高兴的是有了个聊天对象。"如果是你，你会怎么做？"

"挑人？"

"是的。"

"别想太多。"

罗哲尽量不去想太多。

"你怎么不挑一个？艾米丽说，你待在这里好久了。试着挑一个吧。"罗哲说。

"我老了，罗哲。"弗瑞杰打着哈欠说，"我挑过好多了。现在我在等待最后一次工作，最后一次，然后我就消失。"

"真的？"

"对啊。太累了。我就要活到头了。你看看，我多瘦啊。"

"这么说可能没礼貌——可你总是睡大觉。"

"我跟你说过，累了。"

"可你总是睡觉，怎么挑？"罗哲伸手对着照片比划一下。

狗"咯咯"笑着点点头，笑声温暖。"我就是知道啊，只要出现，我马上知道。"

他又打了个大大的哈欠。转了几圈后再次躺下。

"如果你不介意，我想说，你是个好孩子，我喜欢你。"狗说。

不一会儿，狗睡着了，闪亮的黑鼻头下面，发出了"呼噜，呼

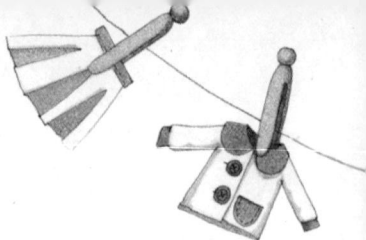

噜"的声音。

罗哲转身继续看公告板。

那些面孔并非静止不动，而是一个接一个跳出来，其中一张向前凸出，好让罗哲凝神打量，似乎很想中选，随后退回原处，这时另一张就会凸出来。这场景，像是注视海面上漂浮的一张张脸。

在罗哲眼里，这些孩子长得都一个样儿——因为他们都不是阿曼达。

哪一个好像都不是他那盘棋上的棋子。

真绝望。

他伸手去抓最近的照片，随便选一个好了，选谁都一样。突然，他的目光被吸引住了。

就是这个女孩。她就在这里。他以前在哪里见过她？

Julia Radiche

第九章

那天晚上，朱丽叶·罗迪彻拉开衣柜门的时候，不由瞪大了眼睛。

"你是谁？你在我的衣柜里干什么？"她的声音听上去相当镇静，但双手死死抓住自己的睡袍。

罗哲定睛一看，眼前这个女孩跟自己年龄差不多，红色的长发打着卷，头顶戴着蝴蝶结，面颊上还长着星星点点的雀斑。他伸出手说："嗨，我是罗哲。"

女孩看看罗哲，哼了一声。

"卢杰？① 我看不像。在我眼里，你更像是维罗妮卡。"她说。

---

① 女孩将"罗哲"的名字错说成"卢杰"。

"维罗妮卡？"

衣柜里的女孩摇摇头，脸上浮起一丝无奈的笑容，好像朱丽叶在开玩笑似的。可是朱丽叶不认为自己是在开玩笑。

"不，我可不是什么维罗妮卡，我是罗哲。"柜子里的女孩重复道，"我是阿曼达的朋友。"

"阿曼达的朋友？"朱丽叶问，仔细琢磨这句话，"阿曼达？"

"对，你的朋友阿曼达。"

朱丽叶朝远处看了一会儿，而后再问："夏夫阿葡？"

"是的。"

"迪齐·夏夫阿葡？"

"阿曼达·夏夫阿葡。"

"你是她的朋友？"

"是的，我见过你。阿曼达带我去过学校一次。"

朱丽叶咬着嘴唇，歪着头，她思考时的表情跟阿曼达一样，但是朱丽叶可不如阿曼达那么有魅力。她像是在对着镜子练习这个动作似的，她觉得思考时表情就应该这样，她不想和别人不一样。

想了一阵子，她终于开口了："阿曼达是有个叫卢杰的幻影朋友。她提过他几次。但我从来没有——"她停下来纠正自己，"噢，等一下，你说得对。有一次，她确实假装他就在身边，还让我们都同他握手，好笑死了，搞得要我们拼命忍住不笑出来。阿曼达古里古怪的，大家都这么说。"

"她不古怪，"罗哲严厉地说，"阿曼达很棒。我叫罗哲，不是卢杰。还有，你要知道，你跟我握手的时候戳到了我的肚子。"

"不，你说得不对。她的卢杰是个男孩。"

"我就是个男孩！"

朱丽叶假模假样地咳嗽着。当别人犯了愚蠢的错误，指出来又显得不礼貌的时候，人们总是这样咳嗽咳嗽。朱丽叶上上下下打量着衣柜里的女孩，这是以目光暗示面前的女孩，她不打算指出来的错误到底出在哪里。

柜子里的红发女孩低头看看自己，一手拉起裙子的褶边，一根手指穿过长长的鬈发，抬起一只脚看看闪光的粉色运动鞋。

"我是个女孩？"她的眼睛盯牢朱丽叶。她的声音听上去非常非常震惊。

"咄！"事实明摆着呢，难怪朱丽叶对她嗤之以鼻。

"可我是……"

"维罗妮卡，"朱丽叶替她说完了这句话，"你是我的新朋友。"

一不留神，事情居然发生了这样的变化——你该说了，你会留

意到类似的事，对吧？罗哲心想。

他拿着朱丽叶的照片从图书馆来到走廊，和上次同艾米丽一起拿着约翰·詹金斯的照片走过的路一样。当时他觉得一切都很正常。他推开那扇半真半假的门，沿着两边张贴着小蓝花墙纸的走廊往前走。当时他感觉一切完全正常。他推开走廊尽头的门……

朱丽叶拉开衣柜门，发现了他。

她发现的并不是他。而是她。

答案很简单：罗哲现在是朱丽叶的幻影朋友，所以她长着一副朱丽叶希望的模样。仅此而已。朱丽叶想要他看起来像个女孩，名叫维罗妮卡的女孩。

这种事情居然也会发生。艾米丽从来没有给过他一点预警。

这真的有点不公平。

罗哲仍然觉得内在的自己还是罗哲。他还记得他做过的所有"罗哲式"的事情。他仍然记得和阿曼达一起爬树；他仍然记得两人双双掉进冒泡的火山口。可现在，长长的红头发总跑到脸上来，穿裙子的双腿也已然变冷。

罗哲已然变为女孩——他不得不面对这样的现实。

朱丽叶领着罗哲去吃饭。

"妈妈，我想让你见见我的新朋友。"她说。

"见你的朋友，亲爱的?"她的妈妈回过头来。她正在水斗那里洗洗涮涮。

"对，她今天早晨刚到的。她可能饿了。"

"你在说什么啊，亲爱的? 一个朋友?"

"我在衣柜里看到她的。别担心啦，她叫维罗妮卡。"

朱丽叶的妈妈把一个刚洗好的马克杯小心地放到滴水板上。她转过了身。

"朱丽叶，我觉得你不应该事先不告诉我就带朋友回家。我没有吸尘，你爸爸还得清洗水池。不然人家会怎么想啊?"

"噢，她不介意的。她以前住在阿曼达家，阿曼达的妈妈从来不吸尘，大家都知道的。"

朱丽叶的妈妈兀自站了一会儿，以便更好地吸收女儿说的话，可是那么多的字词齐齐袭来，听上去却七零八落。

"你说'她以前住在阿曼达家'是什么意思呢?"妈妈问。

"嗯，过去她是阿曼达的朋友卢杰，现在她是我的朋友维罗妮卡。"

"阿曼达? 阿曼达·夏夫阿葡? 你那个同班同学?"

"对，她太古怪了，维罗妮卡必须找个新朋友，更好的朋友，所以她来找我了。哎哟!"

"怎么了？"

"维罗妮卡踢我。"

"她在这里？"

"当然。她就站那这里呀。"

朱丽叶伸手一指罗哲。

她妈妈非常仔细地看看女儿手指的那块空地。

那里绝对有块地方，但肯定空无一人。

"亲爱的。"妈妈缓慢地说。

"什么？"

"那里没有人。"她小心翼翼，半是耳语道。

"嗯……你看不见她的，对吧？她是幻影。"

"幻影？"

"切！"

朱丽叶的妈妈没有让罗哲吃早饭。

看上去她并不喜欢这位不速之客。阿曼达的妈妈以前倒是很喜欢他的。她一直对他很好，不论他在不在屋里都跟他说"早上好"。朱丽叶的妈妈可不喜欢这么做。

朱丽叶在早餐台吃早饭的时候，她的妈妈却在客厅打电话。

"我想她脑子坏掉了。她看到了不存在的东西。我要马上见到你。我担心拖下去事情会变得更糟。"罗哲听到她这么说。

罗哲——或者说维罗妮卡，坐在吧台的高脚凳上，就在朱丽叶旁边。

"朱丽叶。"他说。

"什么事？"

"你听说阿曼达的事了吗？"

"她怎么了？"

"你知道她被撞了吗？"

"被撞了？"

"是的，前几天在游泳中心那里被撞的。"

"被撞了？你在说什么呢，是狗还是什么撞的？"

"不是狗，是车，在停车场。"

朱丽叶放下调羹。

"胡说！白痴！谁能在停车场被车子撞？车子都泊好的呀。"她说。

罗哲盯着朱丽叶看了一会儿。他不知道她是不是在开玩笑，他不觉得这事好笑，如果她不是开玩笑，那她也太不敏感了。

"不是，车子在动，我们跑开了——"

"我不想听，"朱丽叶打断他，举起双手让他闭嘴，但是随后又靠过来，耳语道，"她是不是……"

"没有，她没死。我以为她死了，但是那只猫告诉我——"

朱丽叶又举起双手打断他。

"好吧，维罗妮卡，"她说，"我知道，你是刚来我们家，我想我们得定几条规矩。首先，在这个家里，说话的时候永远不要以'那只猫告诉我'开头。没有人这么讲话。这么讲的人一定是疯子。我不想交一个古怪的幻影朋友——居然看见说话的猫。绝不能这样。第二，阿曼达没有死，我很高兴。但是我高兴不高兴，并不表示你可以喋喋不休地说她。你告诉过我你现在是我的朋友。如果你继续唠叨她哪哪都好，我就不再信任你了。听明白了吗？"

罗哲有点吃惊。阿曼达总是说朱丽叶的好话。她说在学校她们一起玩得可高兴啦，有时候午餐还会交换三明治吃。但是朱丽叶说的却远非那样。

"我需要你，我需要你带我去医院。我要去看她，去看阿曼达。"罗哲说。

朱丽叶抱起了臂膀。她摇了摇头。

然后她把碗摔到了地上。

碗碎了。地上汪起一摊牛奶，牛奶里散落着玉米片，调羹"叮当"一声，掉到了碎裂的瓷片上。

听到声音，朱丽叶的妈妈一头闯进门来。

"亲爱的，怎么了？"

朱丽叶扭曲着脸说："是维罗妮卡，碗是她打碎的。"她边说边指了指罗哲。

罗哲已经习惯了受这样的责备，在发生意外事故的时候，或是遇到称不上意外但又不便表明原委的事情时，阿曼达也会说"那是罗哲干的"，但那么说的时候，她总会眼睛一亮，食指中指交叉着指着罗哲，同时朝罗哲使个眼色。

和阿曼达相反，朱丽叶眼睛里闪烁的全是恶毒。

阿曼达的妈妈会耐心地倾听女儿诬赖罗哲，然后让她去拿垃圾铲和扫把，或者给邻居写封道歉信，如此就完事了。朱丽叶的妈妈却表现得完全两样，她和朱丽叶一样，根本不大明白如何让幻影朋友来调剂生活。

"噢，亲爱的，"她哭着把女儿拉到怀里，拍着她的背，亲着她的额头，"可怜的孩子，你真是个小可怜啊。"

罗哲眼里的罗迪彻一家，好像特别容易激动，无用的感情过于泛滥。

来到这个家里，并没让他稍许接近阿曼达，朱丽叶的一席话，

令他感觉离阿曼达越来越远了。

早饭事件过去了，地上的牛奶也拖干净了（一个穿围裙的安静女人拖的地，她一个礼拜来打扫两次卫生），罗哲跟在阿曼达身后上楼。

"今天是洗衣日，我们要把脏衣服拿去洗干净。"朱丽叶对罗哲说。

"把干净衣服弄脏不好吗？"罗哲想开开玩笑。

朱丽叶已经爬了一半，闻听此言立刻停下，转身看向罗哲。

"维罗妮卡·桑德拉·朱丽叶·罗迪彻，我从来都没见过你这么笨的女孩！当然不能把干净衣服弄脏！谁会没事把干净衣服弄脏呢？拜托你说话的时候用用脑子。"

罗哲做梦都没想到自己会有个这么长的名字。这让他凝神思索了片刻："如果没有谁把干净衣服弄脏，我们有必要洗衣服吗？"

"因为，"听朱丽叶说话的口气，这个词就是谈话的结束，"就因为是我说要洗衣服。"她又补了一句，好把话讲清楚，然后转身继续上楼。

罗哲跟了上去。让他吃惊的是，朱丽叶并没有把洗衣篮里的脏衣服扔进洗衣机，而是坐在一个巨大的娃娃屋前面，拉开了隔门。

娃娃屋里面，是一打造型、尺寸各异的娃娃，它们衣着整洁，笔直地坐在桌子旁边的椅子里。

阿曼达也有好多娃娃，但跟这些娃娃一点都不像。真遗憾，朱丽叶似乎从来没有拿起剪刀剪过娃娃的头发，也没有往娃娃脸上粘过锡纸——这么做娃娃看起来更像机器人。

"维罗妮卡，"朱丽叶说，"听着，我们要把脏衣服堆在这里（她指着一块地毯），你从那边来，我干这边的。"

她小心翼翼地挪开一个娃娃，开始给它脱衣服，然后把衣服整齐地铺到刚才指明的地方。

罗哲紧挨着她坐下。粗糙的地毯让他觉得腿痒酥酥的。他站起来裹一裹裙子，把它塞到腿下面。罗哲自忖道：如果朱丽叶想要个女孩朋友，自己跟她好好相处便是，可是朱丽叶为什么不幻想一个穿裤子的女孩？穿裤子很难吗？

他提着一个娃娃的脚把它拉出娃娃屋。

"不要！不要！小心！"朱丽叶慌忙喊道，"布兰希尔德不喜欢头朝下，小心。"

罗哲小心地让娃娃头朝上坐直。

他看看娃娃身上的衣服。"衣服看起来不脏。"

"给我看看。"

朱丽叶伸出手。

罗哲把娃娃递给她。

朱丽叶仔细地看看娃娃，闻了闻，又把它递过来。

"脏了。"她说。

五分钟后，地毯上冒出一堆朱丽叶所谓的脏衣服。在罗哲眼里，那堆衣服称不上衣服，不过看起来像衣服罢了。再看娃娃屋，里面全是裸体娃娃。

"去洗衣服。"朱丽叶说着，从卧室跑到卫生间。

罗哲在后面跟着，一手抓一把衣服。

他真不想这样度过一个早上。

没错，他躲开了邦廷先生的追杀，朱丽叶也信任他（噢，至少是信任维罗妮卡），如此他才没有消失。可是他也没能接近阿曼达。他原以为走近朱丽叶，就是走上通往阿曼达的阳关道，但现在看来却走上了一条死胡同。朱丽叶并不想带罗哲去医院。她不去，罗哲自己根本去不了。

罗哲必须想出一个计划，一个全然不同的新计划。

他站在洗脸池前，一边用肥皂粉和冷水洗着娃娃的衣服，一边努力思考新计划。

水是冷水，朱丽叶是这么解释的："妈妈不喜欢我用热水，会

烫着自己，又费电。”

罗哲坐在马桶盖上，往绳子上挂那些迷你衣服。该怎么去医院呢？他仍然在想这个问题。

阿曼达坐着救护车去医院了，对吧？出车祸后，救护车就会来。

可是转念一想，罗哲是不可能出车祸的，救护车也不可能把他带到医院——总要有人看到自己才可能打电话叫救护车，其次还要真的受伤，但他觉得自己不可能受伤。

罗哲明白自己不是真人，不可能像真人一样受伤。他是和阿曼达一起被同一辆车撞倒的，他只不过在地上翻滚一下，除了膝盖擦了一下，磨了手肘，他完好无损。即便是那一点擦伤，在他真的要看的时候，也已经消失不见了。

幻影要想受伤，有一个前提，那就是真人朋友必须幻想他受伤，就像朱丽叶幻想他是个长着红头发的女孩一样。单靠幻影本身是行不通的。

还是会有办法的。正在罗哲苦思冥想之际，一个计划忽然跳入脑海。这个计划是危险的，可能会出可怕的岔子，但是如果不出意外，罗哲就能如愿以偿去医院。

他能这么做吗？他害怕吗？他应该这么做吗？幻影们彼此之间是不会这么干的。可是罗哲没有别的选择。

"朱丽叶？"朱丽叶的妈妈一边上楼一边喊。

"什么事？"朱丽叶也喊了一嗓子。

"嗯……维罗妮卡还在吗？"

"是的，妈妈，我们在卫生间。"

"你们在干什么呢，亲爱的？"

"你认为我们在干什么？"朱丽叶语带嘲讽地喊，"我说过'我们在卫生间'。"

她妈妈离开了。

罗哲再次审视一遍自己的计划。绳子上挂的娃娃的小衣服掉进了浴缸，他看了看朱丽叶。他告诉自己，朱丽叶是为了找乐子才这么干的。他要回到阿曼达身边，越快越好，这样大家都会比现在快乐。这是唯一的办法了。

"现在干什么呢？"他问。朱丽叶想了一下，用毛巾擦干手。

"我想……去喝杯饮料吧，挺累的。"

朱丽叶走了出去。她站到了楼梯上面的平台上。罗哲跟在后面。

他最后一次审视自己的计划，希望自己不是在干错事。他压低嗓子说道："对不起。"

朱丽叶刚迈上第一级台阶，罗哲就伸出脚勾住她的脚踝，又朝她的肩膀猛推一下，朱丽叶飞了出去。

第十章

朱丽叶在楼梯顶绊了一下，一脚踏空，飞身下坠。

在那一瞬间，她不由发出"啊"的一声惨叫。

幸运之神眷顾她，她的妈妈正好拿着电话走进客厅，她说："亲爱的，穿上鞋子，我已经……"

突然，她吃惊地发现女儿正跌向她。出于母亲的本能，她一把扔掉电话，张开了手臂。

朱丽叶摔落到她身上，母女两个都往后倒去——不是跌倒在地，而是"砰"一声撞到前门上。

"怎么搞的？你没事吧？"等喘过气来，妈妈问朱丽叶。

"维罗妮卡绊的。"朱丽叶说着，差点哭了。

"对，问题就出在这个维罗妮卡身上。"朱丽叶的妈妈平静而坚

决地说，"我正要跟你说，我已经安排好了，带你去看专门医生。"

"看医生？我没生病，我不要去看医生。"

"噢，亲爱的，"妈妈说着，把朱丽叶脸上的一缕头发拂开，"你不知道你在说什么。如果你老是看到维罗妮卡，如果你真的认为刚才是她绊你的，恐怕你必须去看医生。"

"我恨医生，"朱丽叶说，从妈妈怀里挣脱，"他们身上有古怪的味道，他们的手冷冰冰的。"

她的妈妈捡起电话。

"不管怎么说，亲爱的，我们预约了四十五分钟的会面。"

"可是……"

"穿上鞋子。"

楼梯顶端的罗哲感觉糟透了。

他一伸出脚去绊朱丽叶的脚踝，就意识到自己的计划是错的，他马上想到停下伸出去的手，可是已经太迟了，他又推了朱丽叶一把。某种意义上说，这个计划不是错在可能会没效果，而是错在让他内心感觉很糟糕。

无论他多么想去医院找阿曼达，他也不应该以伤害别人来达到目的。阿曼达会怎么说？她一定会被他的所作所为气疯的。朱丽叶是她的朋友，假如罗哲伤害了朱丽叶，阿曼达也会感到难过。

幸亏朱丽叶的妈妈及时出现，救了朱丽叶，这多少让罗哲感到一丝欣慰。他心里稍微好过了一点。

随后，他听到了朱丽叶妈妈说的话——她要带朱丽叶去医院。真是老天有眼。这正是他苦苦寻求的机会呀。计划终归灵验了。

朱丽叶的妈妈已经打开了门，可是朱丽叶仍然在拖延。

"妈妈。"她不满地叫了一声。

罗哲悄悄走下楼。

朱丽叶看到他，翻了个白眼。"你绊我。"她说。

她的妈妈推开门，小声问："亲爱的，她还在这里吗？"

"她在楼梯上呢。我觉得她想和我们一起去。"

"噢，我觉得医生也想见见她。"妈妈说。

"不要！"朱丽叶咬牙切齿地说，她转过身去，"让她留下。我恨她。"

朱丽叶这么说时，罗哲感到左脚微微刺痛。他明白这是怎么回事。他有过这样的感觉。这种微微的刺痛感，正是开始消失的第一个兆头。

自己可真不适合当人家的幻影朋友啊。罗哲寻思道。

他把一切搞得一团糟。彻头彻尾一团糟。

不等罗哲出来，朱丽叶就"砰"一声甩上了门。

他拉拉门把手，发现朱丽叶的妈妈已经从外面上了锁。他被困在屋里了。

他冲过客厅，跑到厨房。那里有个后门，他吃早饭的时候看到的。他拉一拉门把手，发现后门也锁上了。

爬窗？

念头一起，罗哲爬上工作台，把花瓶搬开。想开窗出去，想不到窗户看上去也上了锁。罗哲不知道钥匙在哪里。

浪费时间找钥匙没有意义。朱丽叶和她妈妈说不定已经上车。她们马上就要出发了。

罗哲四下里张望着。他差一点点就实现愿望了——终于有人去医院了，可是却不是他。但他不能绝望地尖叫，他气得踢了踢吃早饭时坐过的高脚凳。

凳子倒了，从地板上"咕噜噜"一路滚过去，最终在后门旁边停下。罗哲眼睛看了过去，这一看居然有了新发现，刚才拉门把手时他倒没有注意到。

那里有个猫洞。

罗哲跪下身来，头先钻了出去。

猫洞没上锁，多好的事啊。头已经在外面了，花园的新鲜空气扑鼻而来。可惜肩膀通不过猫洞。附近的某个地方传来发动机的声响，是汽车在发动引擎。

罗哲感到双脚一阵刺痛，手也跟着刺痛起来。如果他被朱丽叶忽视，或者说朱丽叶不再信任他，说不定对他有利。他想起了阿曼达，试着回忆遇到金赞之前的那种感觉，当时他认为阿曼达已经死了，把他孤零零抛在了这个世界上。那时他是多么脆弱啊。

他想到阿曼达死了；想到朱丽叶对自己的恨；他还试着去回忆艾米丽，想起她的惨死，但记不清她的模样。他的记忆在渐渐消失，正如他在别人的记忆里也渐渐消失一样。

空气中弥漫着一股火药味，是那种连放十次砸炮枪的气味。问题是没有人开枪。

是罗哲消失的时候散发的味道。

罗哲扭动身子往猫洞外面钻，他的肩膀竟然变软了。猫洞的塑料边像沙，像尘土，罗哲一抖身子，滑出了猫洞，置身花园之中。落地的时候，他是撞到地上的，却感觉不到疼痛。他站起身，感觉很悲伤，还有一种心痛。眼下，他只想一屁股坐下来，摆脱一切。而后，他听到车轮碾压沙砾的声音。车子开走了！

罗哲想起自己要去干什么了。他站直身子。脚下形状不规

则的石子路面变得坚硬了。他拔腿就跑，然后拉开大门，冲了出去。

朱丽叶坐的车正在向后倒，渐渐远离罗哲。他看到朱丽叶的妈妈回头看路况，他也看到朱丽叶正在指点着他。至于她在说什么，他却猜不出。

他知道，朱丽叶绝对不会让他上车，所以他只能想到什么做什么。

他跑向车子，跳上引擎盖，一把抓住雨刮。

朱丽叶的妈妈当然看不到他。所以，他并没有阻挡她的视线。但是朱丽叶看得到他。她坐在后排指指戳戳，大喊大叫。

罗哲听不到她在说什么。

他只知道，当他紧紧贴在引擎盖上，就在朱丽叶的正前方，朱丽叶就不能无视他的存在。胸口下面是发热的金属，关节紧紧扣住冰冷的玻璃。一天来只有此刻的感觉最为真实。

车子开动了，本来与他毫不相干的风瞬间变脸，割肉蚀骨。

罗哲之前从来没有趴在引擎盖上乘车的经历。当然，他之前也没有穿裙子的经历。阿曼达总是鼓励他开放点，多点新体验。这个早上，他拥有了两个新体会。风把裙子掀起来，盖上他的头，像个毯子一样遮住整个挡风玻璃。他的大腿暴露给了全世界，朱丽叶帮他幻想出来的女式内裤也曝光了。谢天谢地，他不是真人（谢天谢地，朱丽叶帮他幻想了一条内裤），不然可真够尴尬的，不是一点点尴尬，是非常非常尴尬。

车子里面的朱丽叶，看着整个挡风玻璃都被维罗妮卡的裙子遮住，既迷惑，又担忧。一想到裙子后面春光乍泄，就觉得太过好笑；再一想整个挡风玻璃都被裙子遮住了，可是妈妈还在开车，又很是担心。

朱丽叶不会开车，但她知道，作为司机，必须看清前面的路通向何方。

"妈妈。"她的声音流露出焦虑。

"什么事，亲爱的？"妈妈问。

"她还在那里。"

"在引擎盖上是吗，亲爱的？"妈妈的声音听上去平静而神秘。

"是的，打开雨刮。"

"没下雨啊。"

"打开嘛。"

朱丽叶的妈妈，不知道怎么对付愈加歇斯底里的女儿，她只好用指尖轻按一下开关，雨刮立刻左右摆动起来。

罗哲仍然紧贴着引擎盖。

车子终于在医院停车场停下了。

下车的时候，朱丽叶的妈妈对女儿说："亲爱的，我们要找'儿童心理医生'的指示牌，帮我一起找好吗？"下车后，他们朝着一个巨大的建筑走去。在阳光的照耀下，好几百个窗户闪闪发光，宛如亮晃晃的峭壁。

朱丽叶回头最后看了一眼车子，脸上露出一丝邪恶的笑容。

车子停下来的那一刻，罗哲觉得浑身疼痛，因为裙子被风扬起，他周身冰冷。穿裤子的话就好多了。如果是阿曼达，一定会让他穿裤子，每次都穿裤子。（一念至此，罗哲突然想，如果阿曼达知道罗哲有趴引擎盖的本领，她为了好玩也会让他表演一下。为防万一，绝对不能对她提起这件事。他一定要牢记心头。）

朱丽叶和她妈妈一离开，罗哲马上跳下引擎盖。

他走得摇摇晃晃的，像个刚从失控的旋转木马上下来的男孩，或者说，刚从洗衣机里钻出来。

他朝车子后视镜里瞥了一眼，看到一个奇怪的红头发女孩正瞪着自己。

波涛汹涌的南大西洋海景画淡出视野，世界瞬间恢复平稳。罗哲挺直身子，迈步朝医院走去。

第十一章

每一阵风起，罗哲都要拂开吹到眼角的长发，还不得不同时按住身上那条恶俗的裙子。他以前可没练过这么着装，要慢慢适应才是。

他不知道自己这副怪模样要持续到什么时候。要么是朱丽叶和他断绝关系，他变回正常模样；要么他永远都这副样子——确切地说，不是永远，而是直到他消失。

疼痛再次袭来。

他的首要任务是找到阿曼达。这样，他到底以什么形象示人就会揭晓，对吧？阿曼达一定会再次把他幻想成他本来的模样。

罗哲走到医院的玻璃门那里，他刚走到门口，门就自动开启了，是对他表示欢迎呢。这扇大门挺友好的。经历过太多不好的事之后，点滴友好都让他心头一暖。

他走到接待区。那里有个柜台，上面挂着"问讯处"的标牌。接待处的人可以告诉他阿曼达在哪里，除非……除非他是幻影。可他就是幻影。坐在桌子后面的人看不到他。

不过这难不倒他，对不对？他只要爬到柜台后面，找出房间单据或别的什么，问题就解决了。罗哲转眼就到了接待员身后。他伸长脖子去看文件夹里夹着的小片纸张。那些纸片看上去像无用的废纸。医院很大，单据很多，一页，一页，又一页，罗哲看不懂名字旁边的缩写和号码是什么意思。

这可真糟糕。

如果找到儿童病房（他们会把儿童安置在一起的，对吧？），他就可以一个床位一个床位找下去。兴许，这是最好的办法。这么寻思的时候，罗哲抬头向大门看了一眼。

自动门又滑开了，走进来一个男人。罗哲马上认出了他。手摸着胡子，墨镜架到光头上，不是邦廷先生又会是谁？

他就是邦廷先生。

罗哲立刻蹲下身去。十秒钟后，他听到了邦廷先生的声音，他在跟接待员说话。

"夏夫阿葡？房间号？"

"夏夫阿葡？名字？"

"我？"

"不是你，病人的名字。常用名，你知道吗？"

"噢，明白明白。我当然知道，是叫……阿曼达·夏夫阿葡。"

"我找找看。"

接待员翻了好几页纸，才找到要找的名字。

"4楼，117房间。午饭后才能探视。家人上午探视，或者……你是她的家人吗？"

邦廷先生摇摇头说："不是，我是朋友。你是说下午探视？117？"

"两点以后。"

"很好。我等一等。"

"好。"接待员说着，又低下头去研究单据了。

几秒钟后，他重新抬起头来。

"你还有什么事？要我帮忙吗？"他问。

"什么味道？"邦廷先生边说话边抽动鼻子，"我闻到一股怪味道。你闻到了吗？"

"噢，新换的清洁剂，周一才开始用。我告诉他们不要用柠檬味的。有人会过敏的，对花生或者类似东西过敏，对吧？我是说，

这是医院，对不对？"接待员说。

"嗯。"邦廷先生没有理会接待员，自言自语道，"不是柠檬的味道，而是……没什么。"

再过一会儿，邦廷先生离开了。罗哲听到沉重的脚步越来越远。恰好接待员脚旁有个圆珠笔，罗哲捡起来，在手心写上"4"和"117"。邦廷先生算是帮了他的大忙。

邦廷先生为什么来找阿曼达？他闻到什么味道了？是罗哲的味道吗？大家都说他闻得到幻影消失的味道。前几天，他就是一路嗅着找到阿曼达家的。

罗哲从桌子边偷眼一看，邦廷先生端坐在门旁的凳子上，正埋头看报。

罗哲悄悄地跑开了，跑到一个标着"楼梯"的地方。

经过一扇扇门之后，罗哲到了彩色病房，那里住满了可怜的孩子。机器"哔哔"作响的房间，所有的大人都面色凝重。

其中一个房间里，有个小女孩正坐在床边的椅子上，看到罗哲在看她，不由微微一笑。罗哲也回她以微笑。

他很想要进去跟她说说话，告诉她："自己当心点，楼下大厅里有个专门吃你也吃我的人。"但他怕她太过担忧。邦廷先生跑来这里找阿曼达，实在是醉翁之意不在酒，而是意在罗哲。这么一想，或许别的幻影暂时没有危险。

罗哲再次朝女孩笑了笑。他看到这个房间号是84，于是继续沿走廊前行。

走廊长长的，弥漫着清洁剂和绷带的刺鼻气味。护工推着推车进入电梯，一名清洁工懒洋洋地擦着壁脚板。没有一个人看到罗哲。可他仍然有种异样的感觉，觉得有人在注视他。

他回头看了看。

身后并没有什么人。小女孩没有出来看他。谁都没有看他。

眼前所见都是真人。可是沿着走道往前走的时候，脖颈处仍然有怪异的感觉"嗖嗖"冒出。

罗哲边走边数着两边的门牌号。数字变得越来越大。转个弯，是一间标着109的储藏室。他加快步伐，又数了四个房间，终于看到了117。

罗哲打开了117室的房门。他进来的时候，阿曼达的妈妈抬头看了看。

"门又开了。"她说着，起身把门关上。罗哲已经置身阿曼达的病房。阿曼达躺在床上，毯子下面盖了个东西，红色的小灯明

明灭灭，原来是个仪器。阿曼达头部缠着绷带，原来她撞到头了；左胳膊打着石膏，看样子胳膊肯定是断了。罗哲记得很清楚，最后看到她时，她的胳膊扭曲成很奇怪的形状。阿曼达睡着了。

罗哲说不出心脏停跳了，还是跳得太快，以至于他都感觉不出它在跳动了。只有"嗡嗡"声不绝于耳，像是胸腔里扑腾着一只蜂鸟。他的头也晕乎乎的。阿曼达就在眼前。罗哲在这个房间里，阿曼达也在这个房间里。分别几天后，他们终于团圆了。

罗哲哭了。（只掉一滴眼泪，哭多了阿曼达会嘲笑他。）

床边的椅子上放着一本杂志。阿曼达的妈妈坐下来，顺手拿起杂志。她把杂志平铺在大腿上，眼睛却不去看。

墙上挂着小小的洗脸池，旁边是一个很大的衣柜，贴着标记：仅限病人使用。

房间在医院的最里面，没有窗，只有一张明信片钉在衣柜旁边，画面是阳光照耀的森林。这不是最漂亮的房间，但是阿曼达住在这里，这里就比哪里都要漂亮了。

罗哲走到阿曼达的床前，定睛打量自己的朋友。她看上去颇为平静。她呼吸时发出的声音和她在家里自己床上发出的一模一样。他想到，在家里，他罗哲是藏在衣柜里的。他多么渴望能够问问阿曼达的妈妈（弗瑞杰的丽兹，想到这里，罗哲微微一笑）阿曼达怎么样了。他非常想知道到底发生了什么。

床腿的金属架子上挂着笔记板，上面写有文字。吸引罗哲的并不是这个笔记板，而是床架角落生长的细长幼苗，乍一看，像是四条腿的床又多了一条腿。幼苗约有一米高，笔直地指向半空，几个细细的枝条伸展开去，每根枝条上都长着叶子。

至关重要的是，这株小苗不是真的。就算昏睡不醒，阿曼达也没有失去幻想的本领。不愧是阿曼达的房间，连幻想的幼苗都能苗壮生长。

罗哲为阿曼达感到骄傲。所以，他想成为她——阿曼达的朋友，而不是约翰·詹金斯或者朱丽叶的朋友，因为阿曼达赐予他人的，才是真正的礼物。

"阿曼达，亲爱的，"阿曼达的妈妈对熟睡的女儿说，"我去咖啡馆喝杯茶。你乖乖待着啊。我不会要太久。你想要点什么？"

阿曼达什么都没说。她的妈妈勉强露出一丝微笑，好像阿曼达说了句"不用，谢谢妈妈"。

阿曼达的妈妈看上去极其疲惫，眼睛下面是黑眼圈，头发也不如以往整齐。看来她整夜都守在医院。罗哲不知道谁在家里照顾欧

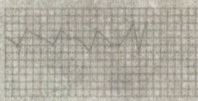

雯——那只猫。

阿曼达的妈妈走了出去。

罗哲把杂志丢到地板上，坐到椅子上。屋子里暖暖的，他一只手放在阿曼达肩旁的白色床单上，另一只手把自己脸上的红色长发拂向一边。

"阿曼达，是我，罗哲。"他说。

他的声音很轻，他怕吵醒阿曼达。真傻啊，因为，他多想让她醒过来，哪怕只有一小会儿也行。他多想她知道他来了。他一路走来，最终找到了她。她只需醒来看他一眼，然后，爱睡多久睡多久。

他轻轻地戳戳她。

"阿曼达？"

她动了吗？她的呼吸变了吗？她的眼皮动了吗？

"阿曼达，"罗哲温柔地捏着她的手说，"真的很抱歉，让你受伤了。全是我的错。如果你不幻想一个我，邦廷先生永远都不可能追我们，你……你也就不会被车子撞倒。全是我的错。全是我的错。对不起。快点醒醒。我想你。"

说完这些，罗哲感觉好多了。虽然待她真的能听到的那一天，他还要把这些话再说一遍，可现在说了这些话，他觉得肩上的重负卸下了。

罗哲重又坐回到椅子上，四下打量着。他发现，有个角落比别的角落暗，这看起来很怪异。

随后，灯光一闪，"啪嗒"一声，灯灭了。

第十二章

阿曼达房间的灯灭了，只从门上开的窗口透进一线光来。

罗哲看到了那个女孩，那个沉默的黑发女孩，邦廷先生的"手指冷冰冰"朋友。她从暗影走出，走进矩形光亮里。

罗哲马上站起身，一个箭步跳到床边，立在阿曼达和女孩中间。他明白，这么做勇敢却不乏愚蠢，女孩并不是冲阿曼达而来。可是罗哲不在意自己蠢不蠢。

女孩把头歪向一边，骨头"咔吧"响了一声。她盯着罗哲看，仿佛不认识他一样。罗哲突然明白，自己穿了一身粉色，是女孩的模样。

她抽动鼻子闻了两下，然后把头低下，又点了点头。毕竟，就算是女孩，也是她一直苦等的幻影啊。

罗哲该怎么办？

"阿曼达，阿曼达，醒醒！"他喊道。

身后没有一丝动静。

女孩朝前一扑，伸出鸟爪般的手指（罗哲看到了那根被自己咬掉的手指，它又短又粗，没有复原，却长出爪般的指甲）。她扑到罗哲身边，嘴里咝咝有声，一把抓住了他。一场恶战开始了。

女孩空洞的眼睛一直死盯着罗哲。

罗哲"砰"的一声撞到床上。

女孩冰冷的手指牢牢抓住罗哲。

医院的病床有轮子。显然，有人解除了这张床的制动。搏斗时，他们每次撞到床上，它都会向后滚去，撞到墙上。

如果走廊里有人，就会看到半明半暗的房间里，病床自动往墙上撞的场景。罗哲暗想，难怪人们相信鬼。鬼有什么用？罗哲需要人来帮忙，可是生死关头，没有任何人来帮忙。

如果有人来，罗哲知道，谁必然会到来。那人肯定正在上楼，他才不在乎探视时间和医院规定。来者不善，那是个高大的秃头饿狼。

床第三次撞到墙上。背后传来一声微弱的呻吟。而后，是咳嗽声、呻吟声。

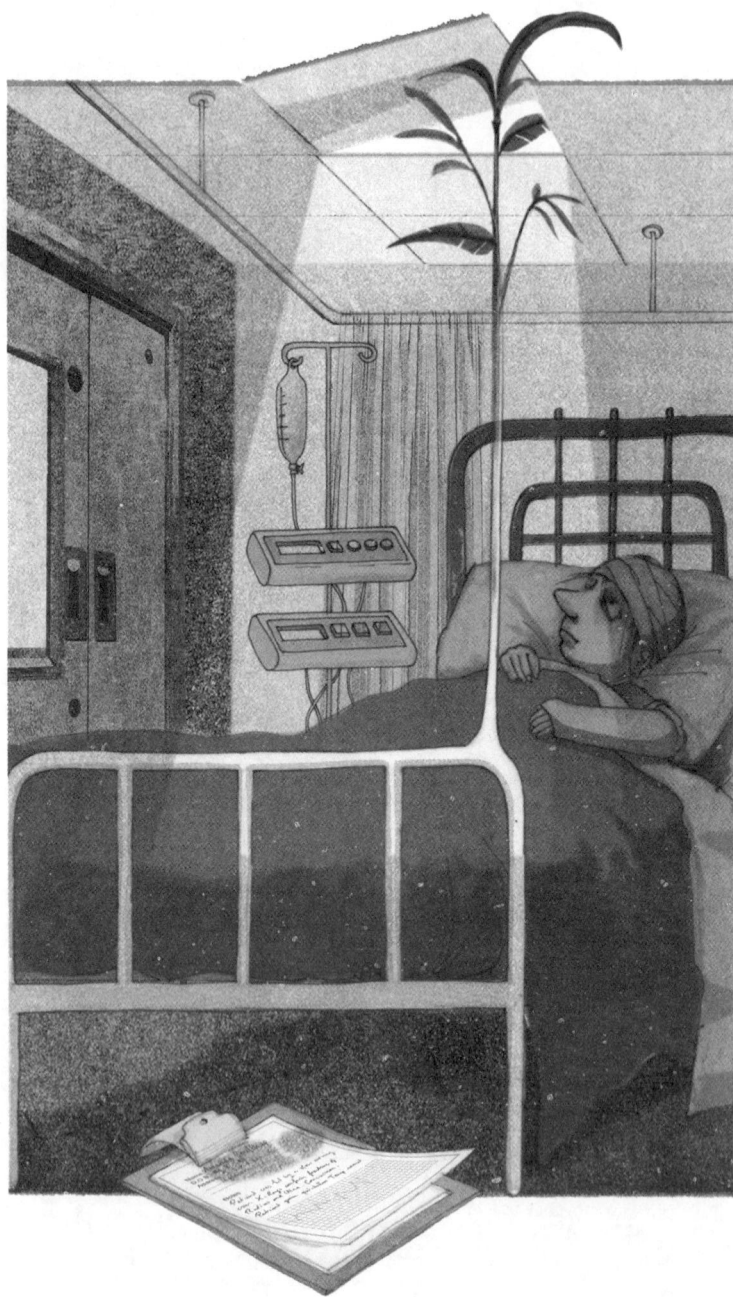

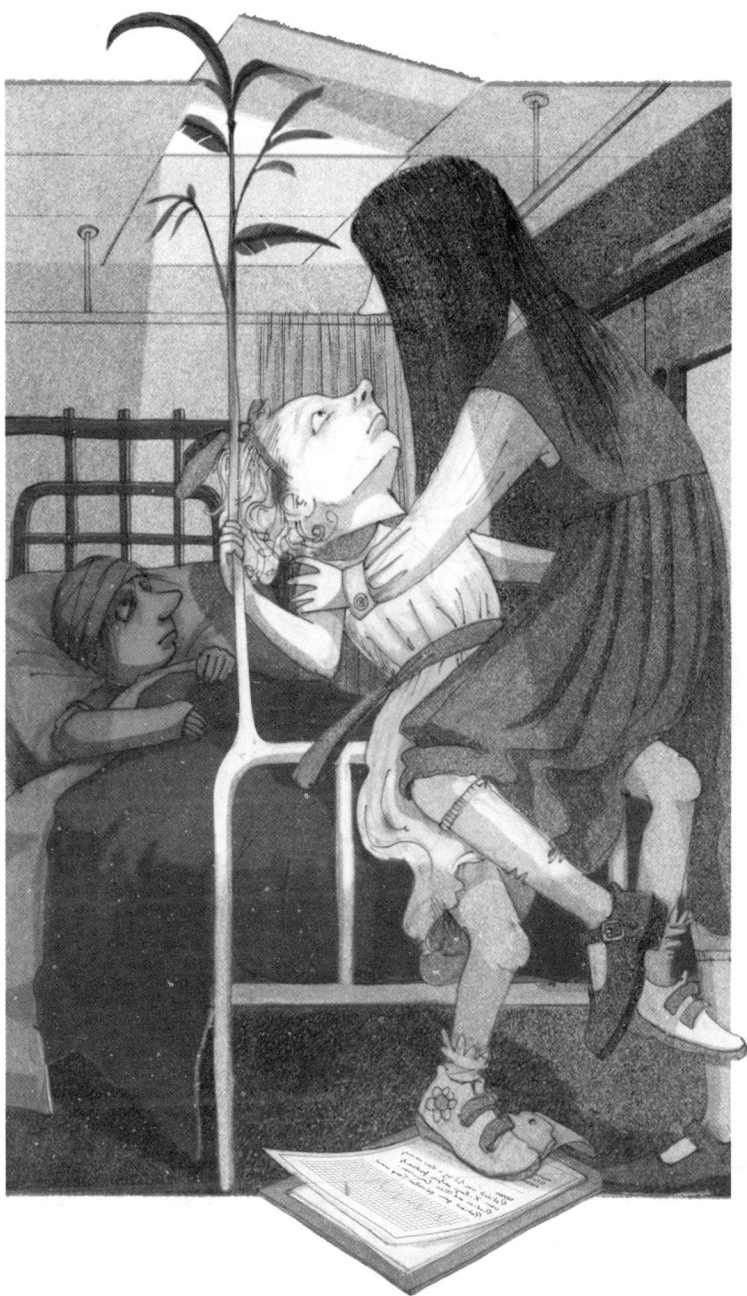

"噢。"阿曼达的呻吟细微，带着困倦。

"阿曼达!"罗哲喊。他的内心又升起希望。

女孩抓紧罗哲，冰冷的手指宛如打结的海藻，嘴里"咝咝"作响，呼吸散发出死人味。死亡的气息瞬间弥漫了整个房间。

罗哲拼命扭动。他看到阿曼达在床上坐起身，用没受伤的那只手去摸裹着绷带的头。

"阿曼达，救我。"他上气不接下气地喊道。

阿曼达听不到他的话，也看不到他。她谁都没有看到。

他用一只手抓住纤细的树苗，将身子撑起来，背部靠在金属床架子上。借助这个姿势，他抬脚朝踢女孩的胸口踢去。他使出了全身力气，又是推又是踢，终于摆脱了女孩。恶斗之中，笔记板被撞到了地上。

阿曼达打了个哈欠。

这是在哪里？她倦怠地四下看看，又打个哈欠。

这里不像是自己的卧室，闻起来也不是家里的味道。她还一直做稀奇古怪的梦。

床摇晃不休，"咣当"一声，好像有人摔到了地板上。

一切都很反常。

阿曼达头晕，乏力，又渴又饿，疲惫不堪，浑身疼痛。床再次晃动的时候，她眨眨眼，驱走了几分睡意。她暂且不管浑身的疼痛，坐了起来。

她猜到了自己是在医院里。她的左胳膊打着石膏，一阵钝痛。妈妈的衣服在床前的椅子上搭着。阿曼达头痛欲裂。她肯定出事故了。她想起了这样的一幕：自己在不停地跑，一辆车子驶了过来。

医院正是人们苏醒过来的地方。

所有这一切都没有让她感到吃惊。令她惊讶的是床脚长了一棵树，噢，一棵树苗。树苗正在晃动，仿佛有微风拂过。可是屋子里没有风。这可真怪异。

阿曼达认为这是棵漂亮的树苗，正当她看着树苗的时候，它突然长高了，冲破了天花板。阳光不期而至，照进了病房。

这突如其来的一点光，让阿曼达感觉好了一些。她想知道妈妈去了哪里。

随后，门开了。

邦廷先生把门在身后关上。

一眼瞥到那棵幻想出的树苗，邦廷先生不由面露讥笑。树苗被他一看，瞬间枯萎了，叶片在枝条上萎缩，连枝条都委顿了，垂挂

下来。

"你醒了，小女孩，"邦廷先生说。每说一个字，他的胡子就抖一下。他四下打量着这个房间，又说，"我觉得你没有真醒过来。"

"你是谁？"阿曼达问，"你是医生吗？"

"不！他不是医生。"罗哲喊道。

他还在和女孩搏斗。女孩扭着身子，想把罗哲的手扭到背后。她的另一个拳头上，缠着罗哲红色的长发。架差不多打完了。罗哲被逮住了。

女孩把他往后一推，推到屋子中间。就像猫儿把抽搐的鸟儿献给主人一样，女孩把罗哲献给了邦廷先生。

男人伸手摸摸罗哲的面颊。

"你确定是他吗？"他问。

散发出腐败气味的"咝咝"声从女孩嘴里泄露出来。

"我明白了，你是粉色的罗哲。讨厌的家伙，就是你搞得我们跑来跑去，是不是？看看我这里！"他指着额头上的擦伤说，"被你那举止不端的臭猫绊倒摔的。你伤了我，小罗哲。我亲爱的穿粉红裙子的小朋友，幸运是有期限的。你猜怎么着？今天就是你的死期。"

188

罗哲知道接下来会发生何等惨事。他想跑，想好好打一架然后逃走。但是女孩把他死死冻结在原地。

"不要。"他说。

他拼尽全力，只说出了这两个字。女孩可怕的抓握耗尽了他的力气。他被打败了。一切都结束了，彻底结束了。

"你在和谁说话？谁是罗哲？怎么有'咝咝'的声音啊？"

阿曼达起初以为那个男人是医生，现在她不这么看了（主要是因为他站在屋子中间自言自语）。这个男人现在转过身看着她。

邦廷先生胡子一抖，说："你瞧，她看不到你。"

说话的时候，邦廷先生直视着阿曼达的眼睛，即便如此，她也清楚地知道他不是在同她讲话。她觉得头痛。一定是哪里出错了。

邦廷先生转身背对阿曼达，嘴里"哇啦哇啦"继续说个不停："她不记得你了，罗哲。头被撞过的人，是这副样子。真让人伤心啊。要哭一哭吗？哭得甜美些。我还是在你消失前吃了你为妙。消失是很痛苦的事，把我看作朋友吧，善良的邦廷先生要帮你忙啦。"

被撞了头？他说得对。阿曼达知道那会让人丢掉记忆，医学上叫失忆症。她还记得失忆症这个词。可是她忘掉了什么？邦廷先生说得没错，她的记忆出现了一个黑洞，绝对有个洞。她拼命在洞里

搜寻昨日的记忆。

到底丢失了什么记忆？阿曼达说不上来。

房间半黑。树苗死了。天花板又变回老样子。阿曼达觉得恶心、疲惫，非常疲惫。

她躺回到枕头上。一下子就能睡着，对吧？她需要休息，不是吗？电视上都是这么说的，不是吗？

非常疲惫，阿曼达眼皮沉重，眼看就要闭上眼睛。

"阿曼达！"罗哲又绝望又害怕，他使出全部力量，生气地喊道，"救救我！"

她已经陷入大大的白枕头里。

她看得到邦廷先生，却看不见罗哲，这感觉，就像往擦伤的膝盖上撒盐。这种侮辱刺伤了罗哲的心。她是他的朋友，不是邦廷先生的朋友，如果她的眼睛看得见，看到的也应该是他罗哲呀。

不公平，不友好，罗哲的心深深受伤了。

邦廷先生一出现，房间就散发出遥远沙漠里的腐败气息。罗哲使出最后的力气，他要再做一次搏斗。

他头一低，向女孩身上顶去。女孩踉跄了一下，但她仍然死抓住罗哲不放，她的手上仍然缠绕着罗哲的头发。不过，她站不稳了。他们同时倒下，撞到标有"仅限病人使用"的衣柜上。

女孩嘴里发出干呕般的"嗯嗯"声，她摇摇摆摆站起来，把罗哲往前一推，他们又恢复到刚才站立时的状态。

阿曼达听到衣柜上发出一声巨响，抬起身，头支在枕头上一看，衣柜后翻，抵到了墙上。

此时，门"吱呀"一声开了。

走廊上的灯亮了，光线照进了衣柜。

阿曼达看到自己的大衣和牛仔裤挂在挂钩上，帆布背包放在地板上，她就这么多东西，它们都在等待着她。

衣柜的门背面是个穿衣镜。等她好了，她会穿上自己的衣服，照照镜子，并且——

突然，刚才的所思所想凝固了。

门开开合合，镜子里反射出她刚才看不到的场景。

一个穿粉色衣服的女孩正在某个灰色怪物的怀里挣扎。那怪物身架子瘦嶙嶙的，外面裹着层月色般苍白的皮肉，黑色的长发凌乱不堪，好像蜘蛛网似的。

这一看，瞬间拨开迷雾。记忆跳了出来。是哪一个记忆？是在妈妈书房里。阿曼达想起自己藏在桌子下面，想起古蒂那个小保姆

来找她。

到底发生了什么事？

和食尸鬼搏斗的粉衣女孩是谁？

为什么阿曼达想把她当成男孩而不是女孩？

而后，阿曼达想起来了。

所有的记忆都回来了。

第十三章

罗哲全身战栗，又奇怪，又温暖，随后奇迹发生了。

他自由了。

他们齐齐跌倒在地。女孩抓住他的那只手虽然松开了，可是另一只手仍然死死缠住罗哲长长的红色头发。现在长发消失了，维罗妮卡不见了，他重又变回了罗哲。女孩手里，空空如也，仿佛抓的是一团雾气。

"唰"地一下，罗哲的四肢重新充满力量，心跳也恢复了自由。他抓住了这个机会，猛地把女孩推开，弯腰跑过邦廷先生，奔向阿曼达的床。

摆脱了女孩身份，罗哲觉得希望涌向了心头。机会终于眷顾了他们。

"快点！"阿曼达说，伸出没受伤的那只手，把罗哲拉到床上。

"噢，老天，噢，老天，噢，老天！"邦廷先生说着，慢慢转向他们，他摇了摇头，"我本来不想……让年轻的夏夫阿葡小姐……难过，遗忘是很自然的事，忘了就不会很受伤害，亲爱的，现在我要把他——"

"你带不走罗哲。"阿曼达打断了他。

"他吃幻影，"罗哲小声说，"我看到他那么干过。"

"我们要离开这里。"阿曼达也小声说。

"怎么离开？"

他们朝四下里看了看。一眼看出去，好像确实不可能逃走。阿曼达受伤的身体仍然虚弱（虽然有罗哲在身边，她感觉清醒多了），唯一的出口就是门，可是门在邦廷先生的背后，他不会放他们走的。第二眼看出去，还是不可能逃开。

咝咝声高昂起来，黑发女孩跳了过来，她看起来不像是阿曼达在镜子中看到的恶魔，倒像是她在家门口台阶上看到的苍白悲伤的女孩。就算是这副样子，还是让人毛骨悚然。

罗哲不由往后一缩，因为，他对她冰冷的双手记忆太过深刻。她还没跳到床上，形势就发生了变化。

空中出现一道闪光。

女孩没有落到床上，而是撞到了一个圆形玻璃罩上。不知道从哪里飞来的玻璃罩，现在罩在了床上。

罗哲四下打量这个玻璃罩，发现在他那一边有个控制板，上面是一堆黄铜按钮，还有好多仪表盘和黄铜把手。他认出了它。他还记得它。他当然记得。这是他们在海底探险时坐的潜水艇。

可惜，潜水艇是幻想出来的，它并不是真的。

他看看阿曼达。

"我第一个想到的就是这个，"阿曼达说，"它能挡住水，就能挡住他们。"

"但它不是真的啊。"罗哲说。

"我也没把他们两个当成真的。"阿曼达说。

女孩在厚厚的防水玻璃上抓挠，气得脸色泛白，她的眼睛一丝情感都没有，就像一口黑咕隆咚的井，她宛如黑色蒲公英一样的头发，在水流的冲击下，围着她的身体前前后后荡漾。

"她甭想进来，"阿曼达说，"我造的这个潜水艇能抵挡一阵子。"

女孩不再抓玻璃罩，她坐起身来，就那么静静地坐着，眼睛看向别处——她看的是邦廷先生。

邦廷先生正在鼓掌。他穿着过时的潜水衣，戴着大大的黄铜头

盔，头盔上面居然有小圆玻璃窗。鱼从他身边游来游去。

"好聪明的主意，"他说。他的声音咔咔响，像是从船舱的扬声器里发出的，"真是个聪明的女孩，一个有伟大梦想的女孩。"

阿曼达按了一下通话按钮，说道："我不是有梦想。我有个双人潜水艇，可以在差不多五公里深的地方待上八个小时。你就等着吧。"她的手指松开按钮，低声对罗哲说："到时候妈妈该回来了，她会找到保安或别的人，把他丢出去。"

"你忘了一件事，小女孩。"

"哦？"

"我比你年长得多，比你聪明得多，个头比你高得多，也明智得多。我吃过的盐比你吃过的饭还多。我也很会幻想，我幻想出的世界，你别指望叫得出名字，我到处行走，吃掉——"

潜水艇圆顶上的女孩向玻璃撞去，冲邦廷先生发出哑哑声，飙出满嘴的水泡。

"是，是，不提这个。"邦廷先生说，同时不屑地摇摇头，"要说的话，故事太长，也太曲折了……我知道，我知道。我再说一句就不说了。"他举起一只手，慢慢地指向阿曼达，"女孩，你挡我道了。"

他的胡子在黄铜头盔里竖了起来，一眨眼的工夫，大海和潜水艇都消失不见了。意外的是，阿曼达和罗哲突然发现他们躺的床上，全是蜿蜒游动的蛇。他们来不及发出尖叫，女孩已经掉落到他们身上。

掉落的时候，她像猫一样扭曲翻转，所以一掉下来，她就扣住了罗哲的手腕，她的膝盖也跪在了罗哲的腿上，把他钉在床上。她浑身湿漉漉的。

阿曼达来不及动弹，她的胳膊、腿、腰和脖子就被温热的蛇绳缠住了。她被蛇抓住了。

"会幻想的人不是只有你一个，小女孩。"邦廷先生坏笑着说，"我现在饿了，我已经饿了好几个小时，如果你不介意，我要……借走你的朋友。把他带过来。"

女孩将罗哲拽下蛇床，拉到屋子中间，猛地把他拉成垂直状。

罗哲无能为力。他觉得很累，紧紧抓住他的冰冷手指，将绝望灌注进他的大脑。他已经无力挣扎。

阿曼达的处境也好不到哪里去。她被蛇困在床上，她并非特别害怕蛇，所以并不感到毛骨悚然。她拼命幻想自己是自由的。她拼命幻想罗哲是自由的。她拼命去幻想一切，可是太难太难了。蛇充塞着她的大脑，它们挤压着她，盘绕着她，她的注意力被毁坏了。

她只能眼睁睁看着眼前发生的一切。

"最后的话，"邦廷先生说，"你逃脱的次数太多了。你还真做到了。没错这很有趣，是个挑战。你比大多数人都厉害。但是男孩，到最后，还是什么都没有改变。"

邦廷先生不再说话，他下巴"脱臼"了似的，露出血盆大口。他那闻名遐迩的牙齿和超自然的喉咙打开了，通往后脑勺甚至更远，远得直到小黑点终结的地方。酸腐的味道、燥热沙尘的味道扑面而来，罗哲试图抽出一只手，试图让对方松开自己，试图做出最后的虚弱一击，看看能不能逃开。

但是，他的世界已经倾覆。邦廷先生的喉咙忽然贴近他，眼前是瓦片一样排列整齐的白色深井，井底，是那个遥远暗黑的小黑点。

罗哲感觉到自己正向下坠落。他开始消失。突然，一个他认识的声音把一切都打断了。灯"咔哒"一声亮了。伴着低沉的这一声响，邦廷先生的嘴也"啪"地闭上了。

"怎么了？"阿曼达的妈妈说。

她一手端着咖啡，咖啡杯上平稳地放着个袋装蛋糕。她刚才是用另一只手开的门，看到邦廷先生的时候，她正在用屁股关门。

"你在我女儿房间干什么？"她问，"要我帮什么忙吗？"

阿曼达妈妈好奇心陡升，压倒了漾起的一些担心。或许他会给出一个完美而简单的解释。这里毕竟是医院，人们一直在不同的房间进进出出。可这个男人看来既不像护士也不像清洁工——他没有穿制服。他也不是刚给阿曼达做检查的医生。

随后，意识稍许苏醒，她是认识这个人的。可是在哪里见过他呢？他的夏威夷衫、百慕大短裤、秃头，她是看到过的。她确实见过这个人，却想不起在哪里见过他。

"啊，夏夫阿葡夫人。我来医院做个调查。"他先开口了。

"在我女儿的房间里？"

"我在找你。"

"你前几天去过我家了。你怎么知道我在这里？"夏夫阿葡夫人说。至此她才想起，是在自己家门口见过这个男人。

"记性真好。"他说。

初见他那天的古怪感觉，突然再次袭来。

"你最好离开这里。"她坚定地说。

"不要担心。你不相信我吗？"他用最柔和的声调说。

"妈妈!"阿曼达声音粗哑地叫。

妈妈回来之后,她和蛇的恶斗又升级了,有一条蛇滑过来堵住她的嘴巴,让她发不出声音。阿曼达又是咬又是打,还用舌头舔它痒痒,力气费尽,堵在嘴巴上的蛇才蜿蜒离开。

"妈妈!"她又粗哑地叫一声。她的声音又低又弱,只比耳语响一点。她的喉咙被蛇缠得太紧了。

"阿曼达,你醒了!噢,亲爱的。"阿曼达的妈妈惊得都有点结巴了。

她跑到床边,坐到椅子上抚摸阿曼达的额头。她看不到蛇。

"这么烫!你终于醒了,亲爱的。我一直在祈祷。要是我在你身边等你醒来多好——"

"别相信他,妈妈。"阿曼达打断妈妈的话,对她耳语道,"他抓住罗哲了。"

"罗哲?"

"他正要吃他。"

"噢,你太刻薄了吧,小女孩。"邦廷先生说,"这么说根本不对。我是要借用他一下,让他消失。"

"你们两个在说什么?"阿曼达的妈妈说。她看看女儿,又看看邦廷先生。

"噢，没什么，没什么。"邦廷先生说，声音轻柔明快，眼睛闪闪发光。

　　"不对，一定出什么事了。我想知道是怎么回事。我要叫保安啦！"

　　"妈妈，他是——"阿曼达说不出话来，她快窒息了，脖子上的蛇盘得比先前还要紧，一副不勒死她不罢休的架势。她恐惧地挣扎着。她知道，妈妈

看不到蛇，她眼里看到的，只是自己的女儿无法喘息的样子。

"阿曼达，"妈妈哭了，她试着一只手扶女儿坐起来，另一只手去松开她的睡衣，"噢，阿曼达！阿曼达？"她转向邦廷先生，"你！我不管你为什么在这里。快去找人来。你看不到她快憋死了吗？"

"他们都忙着呢。"邦廷先生说。他不再看夏夫阿葡夫人，而是转向罗哲，"我们办我们的事，好吗？我们刚才进行到哪里了？"

他又开始表演吓人的下巴脱臼绝活。

罗哲没有看邦廷先生。他正看着阿曼达和她妈妈。他看得见蛇勒紧了阿曼达的喉咙。可是她妈妈看不见。

邦廷先生幻想出来的蛇真的会伤害阿曼达吗？那些蛇真的能把她勒死？罗哲不知道答案。冥冥中他有个感觉，他相信，只要阿曼达的妈妈看得见蛇，她就会跟蛇搏斗，把蛇拖开，还女儿自由。

虽然阿曼达的妈妈现在看不见蛇，因为她已经是个成年人——成年人没有看见这类东西的想象力，可她曾经拥有过这种本领，她曾经幻想出大狗弗瑞杰。罗哲认识阿曼达妈妈这位幻影朋友。她，阿曼达的妈妈，也曾经身在幻想世界。

邦廷先生专门吞吃幻影的那张嘴，再次打开；罗哲的世界再次倾覆。

他绝望地喊："阿曼达，阿曼达，跟你妈妈说弗瑞杰。告诉她我见到弗瑞杰了。跟她说弗瑞杰还在等她，只要她需要，弗瑞杰就会来。让你妈妈看镜子。"

"妈妈。"阿曼达喘息着叫。

"安静，宝贝。别说话。"妈妈说。

"罗哲让我告诉你……"她吃力地说。

"什么，亲爱的？"

"说是……冰箱？我不知道——"

"冰箱？怎么回事，亲爱的？"

阿曼达停顿了一下，好像在凝神倾听遥远地方发出的声音。她喉咙里是"呼呼呼"的哨音，面颊上挂着眼泪。

她的妈妈抚摸着她的手，亲吻着她的额头。

"是一条狗？"阿曼达低语。她的呼吸越来越短促，每说一个字都很艰难，"弗瑞杰……是一条狗？罗哲见到他了。"

阿曼达的妈妈看着女儿，心头猛然一震。

"什……么？"她都口吃了。

"狗在等你。看镜子。"阿曼达几近失语。

用了好长时间，丽兹·珰碧特才明白弗瑞杰不是一条真狗。晚上，小丽兹会跟床下的狗说话。她以为爸爸妈妈给她找来了世上最好的狗。没错，世上没有比弗瑞杰更好的狗了。后来她慢慢发现：别人看不到弗瑞杰，对这条狗一无所知，爸爸妈妈也不承认给她买过狗。直到那时，小丽兹才明白到底是怎么回事。

床下的狗是幻影。真奇怪。

在医院的病房里，阿曼达的妈妈常常幻想阿曼达醒来，女儿终归醒了（这不是幻觉，对吧？）。她仿佛又闻到了弗瑞杰湿乎乎的皮毛味道。

俯首看女儿的时候，她也看到了别的东西。

不仅仅是床单，不仅仅是她的女儿，还有别的东西。

阿曼达的妈妈没看出来到底是什么。她的目光刚到，那东西就消失了。

她听到了一个微弱的声音，是一个男孩的声音，从很远的地方传来："镜子，让她看镜子。"

那声音是如此细微模糊。是跟阿曼达的妈妈说话吗？她不由朝四周看了看。她看到了挂着阿曼达衣服的衣柜，衣柜的门开着，门背面就是穿衣镜。

阿曼达的妈妈直盯着镜子看，先是看到了镜中的自己，看上去很累，像是很久都没有睡觉了。她确实很累。这几天，她几乎没离开过阿曼达的病床，最多也就离开几分钟。镜中的阿曼达就躺在旁边的床上，身上盖着蠕动的绿色羽绒被。

不对。像是羽绒被，又不是羽绒被，而是……再低头仔细一看，阿曼达的妈妈看到了蛇。那些蛇神气活现，盘绕在女儿的身上，紧紧勒住她，把她压得无法动弹。

"蛇！怎么有蛇？"她自言自语。

她恨蛇。恨它们盘绕游动的样子，它们犹如被施了魔法，毫不费力地游走，那种游走的姿势，好像纯粹出于恶意。猫咪欧雯看见缓缓蠕动的家伙就跑，欧雯看到的还不是蛇，只不过是无腿蜥蜴罢了。

眼前的一幕疯狂而离奇，缺乏真实感。心里再怕，她都不能怕，也不会怕。

如果这些蛇就是使女儿无法动弹的罪魁祸首，如果正是这些可恶的家伙要把女儿从自己怀里夺走，她一定要好好对付它们——就这么简单。稍后，她又闻到了弗瑞杰的味道，是从遥远的地方传来的，一个离这个房间很远的地方。这味道使她后脑发痒，不过，这熟悉的潮湿蓬松的皮毛气味，足以使她平静下来。

阿曼达的妈妈不再害怕。她屈起手指去抓阿曼达脖子上的蟒蛇，小心地想要解开，蟒盘得很紧，反抗着不想被拉开，她只好慢慢地挪。不久，阿曼达的脖子那里松一些了，她深深地呼吸，吞了第一口新鲜空气。

　　阿曼达的妈妈又听到了男孩的声音。她四下里一看，居然看到了一个男孩。这是她第一次看到罗哲。她认出了他。一眼看到他，竟然有种似曾相识的感觉。罗哲扭动着身体，表情痛苦，正在与无形的东西拼命抗争。他已经被牢牢控制住了。是一团无形的阴影，一片乌云，煞是可怕，阿曼达的妈妈看不出到底是什么，但她很清晰地感觉到，那东西要比蛇可怕得多。

　　男孩捕捉到了她的目光。知道阿曼达的妈妈在看着他，恐惧暂时从罗哲脸上消失了。

　　"弗瑞杰记得你。他说你是他的小丽兹。他还在等你。"罗哲喊。

　　阿曼达的妈妈注视罗哲的时候，包围着罗哲的那团阴影后退了。罗哲在穿夏威夷衫的男人面前摇摇晃晃，后背抵床，身子蜷缩。这很不对劲。

　　然后罗哲站直身子，对着秃头男人的嘴巴滴滴答答开始滴水。阿曼达的妈妈看着眼前的一幕，就像看到排污管的污水流淌出来。

她不知道该怎么办。

"帮帮他，妈妈。"阿曼达在背后乞求，"帮帮他。"

弗瑞杰醒了。正是图书馆的午餐时间，到处都是走来走去的真人。但吵醒这条老狗的，不是图书馆里的人，不是机器查书时发出的"哔哔"声，也不是自动门发出的"咯吱"声。

他抬头看了看公告板。

这块公告板，他已经看了好多年。有时候他会离开图书馆，出去冒个险，不过最近他一直盯着公告板看。他累了，也老了。他的容颜一天一天衰败，他的身体一点一点消失。

再做最后一份工作。他告诉自己。这么想的时候，最后一份工作就真的来了。

弗瑞杰抬起头。他看到了一张照片。这张照片本来不该在这里，也不可能在这里。这么长时间以来，他从来没有见过公告板上有这张照片。从来没见过。既然照片出现在公告板上，一定是某个孩子因为这样那样的原因需要朋友了。这张照片也不例外。

他一直等待的就是这张照片。他知道，只要一直等下去，等待的人就一定会出现。

弗瑞杰一口叼下照片，大步跑向两边都贴着勿忘我墙纸的走廊

跑去，嘴巴里"呼哧呼哧"喘着粗气。

阿曼达半坐半躺在床上，紧紧勒
住脖子的蛇被妈妈挪开了，她终于可以
呼吸了。虽然说呼吸自由了，手和腿仍
然被蛇缠得动不了。

阿曼达的心不在蛇上面，她一直望着罗哲和
邦廷先生。她之前没见过这般场景，一个人居然可以嘴巴

张得这么大，居然还能"嗞嗞嗞"把幻影喝下去。在停车场，她跑到邦廷先生身后，打断了他。现在他对罗哲做的，就是当时阿曼达阻止他做的事。

可是现在她却没有办法让他停下来。

跟群蛇的恶斗，耗光了阿曼达的力气。她已经筋疲力尽，身在死亡边缘。这一次，她幻想不出任何救罗哲的法宝了。

"帮帮他，妈妈，快帮帮他。"她喘息着说，滚热的眼泪溢出来，灼痛了她愤怒的双眼。

罗哲被拉得越来越长。那个可怕的女孩站在一步开外的地方，免得妨碍邦廷先生的好事，她的脸上挂着一抹苍白悲伤的笑。似笑非笑。

正当阿曼达以为罗哲要彻底消失的时候，正当邦廷先生扬起脖子更加用力吮吸的时候，正当罗哲无限延伸、被吸得难以忍受、点点滴滴掉进邦廷先生的喉咙的时候，事情发生了变化。

阿曼达的妈妈站起来，走向邦廷先生，说："停下来！放开他！我要你放开这个男孩。他是我们的朋友。他要和我们在一起。他不是你的。"

阿曼达为妈妈感到骄傲。她爱妈妈。

邦廷先生没有受太大影响，他连身体都不屑回转，只用胳膊猛地把阿曼达的妈妈推开。

阿曼达的妈妈脚下一滑，绊倒在床上，她咒骂了一声，一把抓住金属床架子，免得跌倒。此时，不可思议的事发生了——衣柜里突然跳出一个大家伙。

一条皮毛黑白相间的大狗不期而至。他摇着尾巴，舌头懒洋洋地耷拉着。

"丽兹？"它汪汪道，"丽兹？"

顾不上看看自己身在何地，这条狗就朝前一跃，"咣"一声撞到那个可怕女孩的背上，把她都撞飞了。女孩"砰"地撞到罗哲身上，把他从邦廷先生贪婪吮吸着的嘴巴撞了出去。

罗哲突然从邦廷先生嘴里掉出来，就像松开的橡皮圈，又变回男孩的形状。

（"丽兹，是你吗？"狗汪汪汪。）

再看看那个女孩，她被撞到了罗哲刚才待的地方，正在痛饮的邦廷先生没注意到人已调包，只顾继续吮吸。

（"丽兹，我的小丽兹。"大狗边叫边朝阿曼达的妈妈跑去。）

眼前的一幕令阿曼达惊恐极了。女孩被拉长了，变细了，像珰碧特外婆家的水壶一样，发出尖锐的"嗞嗞"声，声音从很远的地方传来，比遥远还遥远。

213

（"噢，丽兹，真的是你呀！"狗把脑袋埋进阿曼达妈妈的怀里，瓮声瓮气说。）

邦廷先生的女孩彻底消失了。

邦廷先生眼睛闭着。这是他最享受的时刻。每次吞下幻影，他都要闭目品味一番。幻影扭动着下肚，恐惧是额外的佐料，更添风味，这让邦廷先生感到彻头彻尾的满足。

他品尝了片刻——很精致，像是流动的宝石顺着喉咙滑落。

然后，一切都结束了。

最后一吸，他把男孩吞了下去。可是……不对劲，男孩竟然有股恶臭、腐败的味道，像是厨房灶台上被遗忘太久的肉，像是在面包箱里放了六个月的面包，又像尸体的味道。

可他看起来那么好吃，闻起来如此美味……

后背被撞了一下，罗哲摔倒在地板上，滚了出去，逃出了邦廷先生饥饿的嘴巴。

他回头一看，震惊得倒抽一口冷气。他看到女孩消失在邦廷先生的喉咙里，像是洗碗水打着旋流进下水道，伴随着令人作呕的砰然一响，女孩消失了。

罗哲闻到一股湿漉漉的狗的味道。

邦廷先生的嘴已经"啪"一声闭上，肚子也复归原位，但他捏紧喉咙，咳嗽着，像是喉咙里卡了鱼刺，他眼球凸出，咳了又咳。他猛敲着自己的胸膛。

罗哲看着眼前的一切，害怕、担忧和希望互交在心头撞击。

邦廷先生一手抚胸，不停发出"呃，呃，呃"的声音，似乎欲说一句意味深长的话。随后，他开始萎缩。

邦廷先生，光头、身着鲜艳衣服的大个子开始萎缩了：他的皮肤松弛下垂，布满道道皱纹，灰白暗淡，斑点丛生；他的胡子稀疏了，先是变成灰色，继而变成白色；他变矮了，指甲开裂，膝盖变形，弓腰曲背。他喘息着，咳嗽着。他老眼昏昏，模糊不清。架着墨镜的额头现在坑坑洼洼，皱纹密布。甚至，他喜气洋洋的夏威夷衫也暗淡了，显得沉闷、单调而破旧。

罗哲想起了在篝火旁听到的故事。他不由对所发生的一切进行了一番猜测。这么多年来，邦廷先生一直在偷吃幻影，他生命中多出来的这么些年都靠吃幻影维持，既然他吃掉了自己的幻影朋友，嗯，几百年的时间追过来找他算旧账了，他瞬间变老，变得和实际年龄一个模样。

邦廷先生睁开了眼睛。在他眼里，医院的房间比他记忆中昏暗——连房间都变黑了。

他知道自己吃掉了谁。

他干咳着，咳得都窒息了。

"你在哪里，男孩？"他喘息着，四下里寻找罗哲。他想这个再多吃一次，就会感觉好一些。"你在哪里？"他找不到那可怜的男孩了。他只能看到床上的女孩和跪在地板上的妈妈。

男孩（罗哲，对吧？）消失了。

邦廷先生直直地看向他时，罗哲吓得浑身发抖。

男人嘴里发出"呃，呃，呃，呃"的声音，然后移开了目光。

他没有看到罗哲。他再也看不到罗哲了。

罗哲长舒了一口气。

饥饿太可怕了。感觉体内空空荡荡，好像自己的身体就是一个巨大的空洞。

吞下她，把自己也给摧毁了。他们在一起太久太久，你中有我，我中有你，早成为彼此的一部分。没有她，他会活下去吗？他能活下去吗？邦廷先生不知道。

他已回忆不起协议的具体条款。一切都太久远了。

他只知道，饿，饿，饿。

幻影被人信任，才能存在；而他吃掉信任，让自己存在。相对于正常的人生而言，他已经活得太久了，吃掉幻影，是维系他生命的唯一法宝。噢，他想品一杯香茗，你就好心地给他来一杯格雷伯爵茶吧，可是喝到他肚里，也只是穿肠而过，只有滑溜溜的新鲜幻影才能填满他的胃。

但是吃掉自己幻想出的她，就像吃掉了自己的手，先是咀嚼自己的手腕，然后是自己的胳膊，之后是肩膀，最后把整个自己都吃掉了。伴随着最后一吸，自己这个人也消失在自己的喉咙里。邦廷先生的感觉正是如此。

饥饿使他疼痛，使他燃烧。饥饿与孤独同在。他在乎的每件事，他在意的每个人，他知道的一切，都一去不返。最后的最后，他只剩下她一个。

可他甚至都不记得她的名字。

他感到很奇怪。

然后，他就什么都不记得了。不记得了。不记得了。

第十四章

邦廷先生的女孩消失了。所有的蛇也都化作青烟。而邦廷先生本人则萎缩成一团。病房里味道一时很是奇怪，弥漫着刺鼻的烟火味。好在，一切终归都结束了。

"请问，护士在吗？"阿曼达的妈妈把头探出门外，问道。

她做的一切，只有最好的成年人才能做到。

弗瑞杰坐在床脚下，湿漉漉的大眼睛望着她。

她扶罗哲站起来，再把他安坐在床边的椅子上。长时间的恶斗，加上别的乱七八糟的事，并没有伤罗哲太重。

从阿曼达嘴里听了很多男孩的事，与他共享一个家，此前从未见过他，现在却挽着他的手臂，想来感觉也真够奇怪的。怪是怪，阿曼达的妈妈眼睛却不眨一下（以后有的是时间去琢磨这一切），只是默默帮罗哲站起来，又慢慢把他挪到床边。

她安排罗哲和阿曼达坐在一起，接着看了看萎缩的邦廷先生。只见这人已是半聋半瞎，嘴里咕咕哝哝不知在说些什么。看来要帮帮他——眼前这位就是一个可怜的老人，虚弱，健忘，到头来也无害了。

护士来了，夏夫阿葡夫人指了指邦廷先生，跟护士解释道："我想他是迷路了。他好像不记得自己从哪里来。"

"天哪。"护士转向邦廷先生，问道，"你叫什么名字，亲爱的？"护士态度友好，但不得不大声喊出每一个字。

"呃？"邦廷先生说。

"噢，跟我来吧。应该找得到你待的地方，稍后让你睡到床上，给你倒杯水，好吗？我叫琼，亲爱的。来，靠到我手臂上。"

"琼，"邦廷先生喘息着说，他的眼睛亮了，"对，就是……呃……就是它。"

"就是什么，亲爱的？"护士问。

邦廷先生茫然地看着她，脸上露出迟钝的表情。

"呃？"

"噢，天哪。你忘了对吧？来，亲爱的，一切都会好的。可能有人正在找你呢。"护士说。

护士把邦廷先生领出了房间。他抓住她的胳膊，拖着脚一小步一小步往前挪。

快出门的时候，护士转回头对阿曼达的妈妈说："真抱歉，亲爱的。真是可怜的家伙。有时候是容易搞糊涂，转错一个弯，所有走廊看上去就都一样啦。希望他没有烦到你们。你们两个还好吧？"

夏夫阿葡夫人四下看了看这个房间，微笑着说："嗯，我想我们都挺好的。谢谢你帮忙。"

一个星期后，阿曼达出院回家。

他和罗哲坐在后座上。

"噢，丽兹，你什么时候学会开车的？"弗瑞杰说，他的话有一半被风吹跑了。

"头不要伸出窗外，弗瑞杰。"阿曼达的妈妈笑着说。

"他怎么坐到前排了？"阿曼达问，声音里有一丝恼怒，"我的胳膊断了，应该特殊照顾的是我。"

"亲爱的，"阿曼达的妈妈说，"弗瑞杰以前没坐过车。我还是

小女孩的时候，他就是个胆小鬼，不喜欢发动机的声音，他基本都是在床下度过的。”

“不是，我以前爱晕车。”弗瑞杰说。

“噢噢。”罗哲说。

“丽兹都长大了，我现在也好了。”弗瑞杰说。

夏夫阿葡夫人跟她的狗朋友闲聊：“还记得去莱姆里吉斯度假的事吗？我们两个去找化石，你在旅馆厨房找到了厨师丢掉的骨头，你告诉我那是恐龙化石。三天后，妈妈闻到不好的味道，就去床底下搜，所谓的恐龙化石，只不过是……”

“等等，”阿曼达竖起一根手指打断了妈妈的话（她一直在思考一个问题），“如果弗瑞杰不能坐车，他是怎么跟你一起旅行的？”

弗瑞杰回答：“我刚好在那里碰到了他们。多简单的事儿！”

罗哲若无其事地说：“我见过一个恐龙，是个名字叫雪花的霸王龙。”

“噢，我也见过，我也见过。”弗瑞杰汪汪叫。

成年人并不是什么都能看到，就算看到了，也不一定就永远都能看到。几个礼拜后，吃早餐的时候，阿曼达的妈妈看不到罗哲了。

"罗哲下楼了吗，阿曼达？"

"他就坐在那里，妈妈。"阿曼达说。

"噢，对不起，罗哲。"阿曼达的妈妈尴尬地对着一小片空气道歉，可是罗哲压根没坐在那里。

弗瑞杰在后门边半睡半醒，他抬起头说："丽兹，别发愁。他是阿曼达的朋友。你不一定非要看到他。我还在这儿。"他摇摇尾巴。

"就是你，我也有点看不太清楚了。"她说。

"我累了。"狗回答。

又开学了。阿曼达耽误了一个多礼拜。终于有一天，她觉得身体好到可以上学了。

阿曼达和她妈妈在学校门口碰上了朱丽叶·罗迪彻和她妈妈。

两个女孩礼貌地相互微笑，一起走进了学校。

"阿曼达还和幻影朋友在一起吗，夏夫阿葡夫人？"朱丽叶的妈妈问。

“你说什么？罗哲？”

“对啊。”

“你怎么知道罗哲？”夏夫阿葡夫人装作什么都不知道，她不想泄露罗哲的话，事实上，罗哲把在罗迪彻家的遭遇都说给她们听了。

“我的朱丽叶提过他。”罗迪彻女士压低声音，四下里张望一番，确认没有人偷听，才继续说道，“她在假期里变得很古怪，她也有个幻影朋友。”

“噢，那太好了，”阿曼达的妈妈边说边搓了搓弗瑞杰的头，“我想他们——”

朱丽叶的妈妈可顾不上听她的话。“太糟糕了，夏夫阿葡夫人。我都担心死了。她的一举一动都很古怪做作。我带她去医院看了彼得森医生，一个专家，儿童心理学家。”她嘴巴半张半闭，半是耳语地说出最后几个字，好像这几个字让她难堪了，“是别人极力推荐的。”

“你带朱丽叶去看儿童心理学家？”阿曼达的妈妈大声问道。

“对，”罗迪彻女士一边说，一边犯罪似的四下张望，“太棒了，我们一去那里，朱丽叶就痊愈了。从那天起，她就没有幻觉了。彻底治好了。”

“真可怕。”

223

"如果你需要，我把他的电话号码给你？"

"我不要，我觉得阿曼达很好。"

"嗯。"朱丽叶的妈妈哼了一声。

"她问我了吗？"那天晚上，罗哲问阿曼达。

"没有，一个字都没问。"阿曼达说。

卧室里黑黑的。阿曼达在床上，罗哲在衣柜里。一切都回到了从前的样子。

"你问她了吗？"

"维罗妮卡的事？"

"嗯。"

"我的确提过几次这个名字，都是偶尔带过。比如，'把铅笔刀递给我好吗，维罗妮卡？''维罗妮卡，我能坐你旁边吃午饭吗？'都是这样子提到的。"

"她怎么说？"

"'我不叫维罗妮卡。''让我一个人待会，你这古怪的人。'她这样说。"

"我很抱歉。"

"别傻了，罗哲。我不在乎。这很有趣啊。朱丽叶是很古怪，不过我喜欢她。我发誓，从明天起不再这么干了。"想了片刻后又说，"也许后天吧。"

第二天早上，罗哲和弗瑞杰坐在客厅，看着窗外的猫。

阿曼达的猫，欧雯，有时候好像看到了罗哲（尽管没人能确定这一点），但他们一致认为，猫从来没看到过弗瑞杰。猫睡觉的时候，狗会在她身边躺下，稍后渐渐把她从沙发或是楼梯上挤下去。不过，猫毕竟是猫，她打个哈欠，伸伸懒腰，洗洗耳朵，踱着猫步，若无其事换到别的地方去睡去了。

"那不是欧雯。"罗哲突然说。

"不是。"弗瑞杰说。

那只猫坐正坐在屋前的草坪上清洗自己的腿。绝对不是欧雯。罗哲认出了这只猫缺失的轮廓、撕裂的耳朵、古怪的眼睛，以及打弯的尾巴。

"是金赞。"他说。

罗哲跑向前门，把门打开。

"嘿，金赞。"他叫。

"罗哲。"金赞叫道。它走过罗哲身边，再走进屋子里。

弗瑞杰就在客厅里，他在阴影里藏着。

"不要。"他粗哑地叫了一声。

猫跳上楼梯的第一级台阶，抓了抓耳朵，缓缓眨了眨眼睛，什么都没说。

弗瑞杰向后缩了缩，往阴影深处躲。

"不是这一次，"狗说，"不要带我走。"

金赞什么都没说。

楼上响起叮叮当当的铃声。

欧雯出现在最上面的台阶上。看到金赞，她停下了脚步，尾巴一扭跑了回去，不知道躲进谁的卧室去了。

金赞带着猫咪独有的笑。

"不想跟我走？"

"不想。"弗瑞杰说。

"你知道跟我走的意思。"

弗瑞杰点点头。

"怎么回事？"罗哲问。他觉得自己懂了，但又希望没有懂。

"弗瑞杰？"阿曼达的妈妈在厨房里叫，"你闻到什么味道了吗？"

"丽兹？"

"啊，你在那里。"说着，她来到客厅，摸了摸弗瑞杰的长毛，

"不知道哪里有股奇怪的味道。你能不能——"

她看到最下面的台阶上站着一只陌生的猫。

猫缓缓地对她眨了眨眼睛。

"你是怎么到这里来的？欧雯，有人到你地盘啦！"她朝楼梯上方喊过之后，又冲金赞嚷，"嘘嘘，去去，出去。臭猫——"

"没关系，丽兹。它是和我一起的。"弗瑞杰说。

"你是说它是一只……？"

"不是，它是一只猫。是我认识的一只猫。我马上就走了。"

阿曼达放学了。她跑到屋里。

罗哲告诉她，弗瑞杰走了。

罗哲解释说，弗瑞杰老了，午饭后走到花园的尽头，一阵风把他带走了。

罗哲曾经和弗瑞杰比肩而坐，他喜欢过弗瑞杰，可现在，几个小时后，他发现他已经不记得弗瑞杰到底长什么样了。他也变得健忘了，就像他忘记了……噢，他想他是忘掉了某个人。是谁呢？

弗瑞杰随风飘散以后，罗哲回到屋里，对着满屋子的照片看，哪一照片上都没有他。不过，在阿曼达的卧室里，有一张照片上是有罗哲的，罗哲是阿曼达用签字笔画上去的。阿曼达把这张照片钉

在了软木公告板上。她说，画上去的也算数。

对于有些人，我们拥有的只有照片，以及我们的记忆。

幻想并不可靠，罗哲深知这一点。记忆握不住幻想，记忆连真实都难以留住。记住失去的人谈何容易？

让罗哲高兴的是，阿曼达画了这张照片，于是她就拥有了和他相关的东西，而照片不会消失。他知道，虽然看来不可能，可是她终将把他忘记。这迟早都会发生，不是哪个人的错，事情就是这样子的。此后，岁月流逝，她长大成人。某一天，当她看着塞进抽屉或者夹在书页里的这张照片，会奇怪怎么会多出一个男孩，看着看着，也许罗哲的影子会滑进她的脑海，也许她只不过摇摇头，嘲笑一番自己早年过于热烈的笔迹（或发型）。不管她想起自己还是想不起，罗哲都会感到满足。

那天下午，阿曼达对妈妈说："我很抱歉，妈妈。"

"抱歉什么，亲爱的？"

"关于弗瑞杰。"

"冰箱怎么了？"

"不是，是关于……"阿曼达不说了。有人告诉过她，成年人不会看到所有东西。有时候他们忘得很快。她看看罗哲。

"我永远都不会忘记你。"她说。她说的是实话。

"你说什么?"妈妈问。

"我在跟罗哲说话。"

"噢,罗哲,他还在吗?"

"过来。"阿曼达说。她和罗哲穿过后门,走进花园。

"二十分钟后回来吃晚饭。"妈妈喊。

他们两个赤脚踏在青草上，在阳光下跑来跑去。

罗哲首先进入他们的秘地。他慢慢爬到荆棘丛下。

"玩什么？"他渴望地问，"今天玩什么？"

"你不知道吗？"阿曼达说着，扭动身子挤到他身边，她轻按几个开关，灯光亮，机器响。"罗哲，我的朋友，你想要它变什么，它就变什么。"

译后记

　　每个小孩子都会假装自己并不孤单，因为每个小孩子内心其实都很孤单。无论大人小孩，但凡属于人类的范畴，都必定会与发自内心的孤单狭路相逢，尤其是小孩子，不仅孤单，还会害怕，害怕孤身一人面对想象中的那个大怪物。

　　小时候的我经常在梦中横冲直撞，一次又一次死里逃生。A.F.哈罗德写的《幻影》让我穿越时光，重新面对小孩子时候的自己。小时候，每到夜晚，我都会变得格外胆小，觉得每个角落里都躲着怪兽，一旦独自踏入暗夜，无所不知的怪物便会从四面八方包抄过来，让我举步维艰，甚至躲进被窝都不能推开那一重又一重的可怕想象。整个世界危机四伏。正如桑达克童书里的小孩常常幻想自己被吃掉一样，多少个梦里，我都在一遍一遍对付怪物的追赶。就这样一路豕突狼奔，及至一头跌进中年，仍然是个一到大黑就战战兢兢的人。儿时那种深入骨髓的恐慌，如今似乎依然如影随形。

如何为自己的恐惧找到出口?《幻影》中这个幸运的小女孩阿曼达找到了。

可惜，我不如阿曼达幸运，我没有她那样的超能力。或许我们很多大人在做孩子的时候也曾经拥有过这种能力，可惜却在漫漫岁月的洗礼中淡忘了。阿曼达拥有怎样的超能力呢？她有本领幻想出一个男孩，与她一起经历艰难险阻，一起共享欢乐和烦恼。这个幻影男孩叫罗哲。

阿曼达和罗哲相识于一个大衣柜。小女孩往衣柜里挂衣服的时候，挂到了小男孩的身上。多么具有奇思妙想的开端！罗哲就这么登场了。他理所当然成为阿曼达独一无二的朋友。一个甜蜜而忠诚的小男孩和一个好玩又自我中心的女孩，就此结伴出发，一起去看世界啦。等到高潮到来，他们两个经历了最最可怕的事情——被吃幻影的怪物邦廷先生一路追杀。他们经历了恐惧、逃跑、受伤、分离，最终渡过难关。特别是任性的小女孩阿曼达，在经历了这一切之后，终于得到了很好的成长。

被命运之手分开后，罗哲为了找阿曼达，被阿曼达的同学朱丽叶幻想成维罗妮卡，一个红头发的女孩。这个性别倒转的"罗哲"的历险记，写得好玩且惊心动魄。看他九死一生，怎样都要回到阿曼达身边，令人不由发自内心生出对他的爱慕。如此忠诚如此爱，怎不让人怦然心动?

而那个大坏蛋邦廷先生,则是每个孩子心中隐藏的深深恐惧。邦廷先生无处不在,可以这么说,每个人的心中都有一个邦廷先生。而正是幻想,给儿童提供了一个逃避恐惧的途径。阿曼达和罗哲双双智斗恶魔的过程,也是清理自身恐惧的过程。

邦廷先生绝对是顶级怪物的化身。译到他那吞吃幻影的细节时,我周身汗毛竖起,不得不起身张望窗外的滚滚红尘来转移自己。害怕之余,假如我们试图从邦廷先生的角度打量一下他的内心,就会发现他其实也是一个可怜透顶的人——他都是个中年人了,仍然不想失去幻想的能力,不想和自己的幻影朋友分开,想来也蛮令人动容。但他对他自己幻影的爱,建立在吃掉别人的幻影的基础上,终究是太过自私自利。他牺牲了别人,最终迫使自己上演了一出妖怪现形记。当我们长大成人后,该放手时且放手,尘归尘,土归土,幻影归幻影,就让那些幻影聚集在图书馆里开开沙龙,岂不也是两全其美的事?

阿曼达的幸运不仅仅在于她拥有一个幻影朋友,阿曼达还很幸运地拥有一个伟大的妈妈。她的妈妈知道她有个幻影朋友,但对此并不大惊小怪。其实有时候很多孩子心头积聚的恐惧,往往来自大人。莫里斯·桑达克著名的《野兽国》,就因为迈克斯穿着狼装在

家里没完没了地胡闹，妈妈呵斥他"野兽"并且不给他吃东西，要他赶快去睡觉，于是他就把房间幻想成一片森林。他来到野兽国，成为可怕的野兽国的国王，想怎么胡闹就怎么胡闹。经过这样一番幻想之后，他心平气和了，方能与现实世界和解。不管阿曼达怎样胡闹，她的妈妈都不会呵斥她为野兽。这样的妈妈真正是孩子的同伴——有个同伴妈妈多么好啊！每个大人曾经都是个小孩子，可是很多人都忘记了这一点，渐渐演变成为朱丽叶的妈妈，见到女儿生出幻想，就拖她去看心理医生。

写小说之外，A.F. 哈罗德还有着诗人的身份。他有很多书、几只猫，还留着一部大胡子。他最喜欢的书是 J.R.R. 托尔金的《霍比特人》，因为这本书勾起了他的幻想，让他沉浸其中欲罢不能。他还喜欢罗尔德·达尔笔下那个邪恶的蠹特先生——竟然主要是因为蠹特先生和他一样也留着一部大胡子！A.F. 哈罗德也拥有奇诡的想象力，他用上天入地的想象，编造出一个富有奇趣的故事，带领我们和主人公一同探险，一起体味人生的艰难，一起害怕一起成长。

赢得过凯特·格林纳威大奖的艾米丽·格雷维特的插画也别有意趣，那些黑白以及黑白中点缀着彩色的插图，非常契合这本充满奇幻色彩的书，而且最要紧的是，她把阿曼达和罗哲画得跟我想象中的一模一样。特别说一句，那只叫做金赞的猫，画得可真够有意思。金赞是一只幻影猫，它和那么多图书馆里的幻影一起，都一一被幻想出他们的人类忘记了。令人安慰的是，阿曼达那位了不起的妈妈在危急关头唤醒了记忆，召唤出她小时候的幻影狗弗瑞杰。于是故事升华，在最关键的时刻，两代人、两代幻影得以携手大战怪物。

最终，老狗弗瑞杰因为太老被金赞猫带走了。这个幻影从此彻底消失。这意味着阿曼达的妈妈要和自己的幻影永别——正如，我们都终将不得不和另外一个自己告别。这真是一个伤感的结尾。而成长，就是这么令人感伤。

写到这里，我五岁的女儿跑了过来，抬起稚气的小脸对我说："妈妈，我带妹妹去旅行了啊。"我随口问："去哪里啊？"她随口答："去新西兰。"这让我想起麦兜的故事，麦太因为没有钱，在假想中与儿子环游世界；而我的小女儿，她因为拥有无限的想象力，得以每天携手幻影妹妹四海神游。

感谢尚飞与杨仪宁，让我得以与这么美好的书相遇。感谢我的家人，他们永远是我无言的支持者。感谢我的女儿，因为她有个无处不在的"妹妹"，才使我对这本书一见倾心。

康　华

2016 年 1 月 10 日

KEEP OUT!

银色独角兽

银色独角兽·第一辑